U0079497

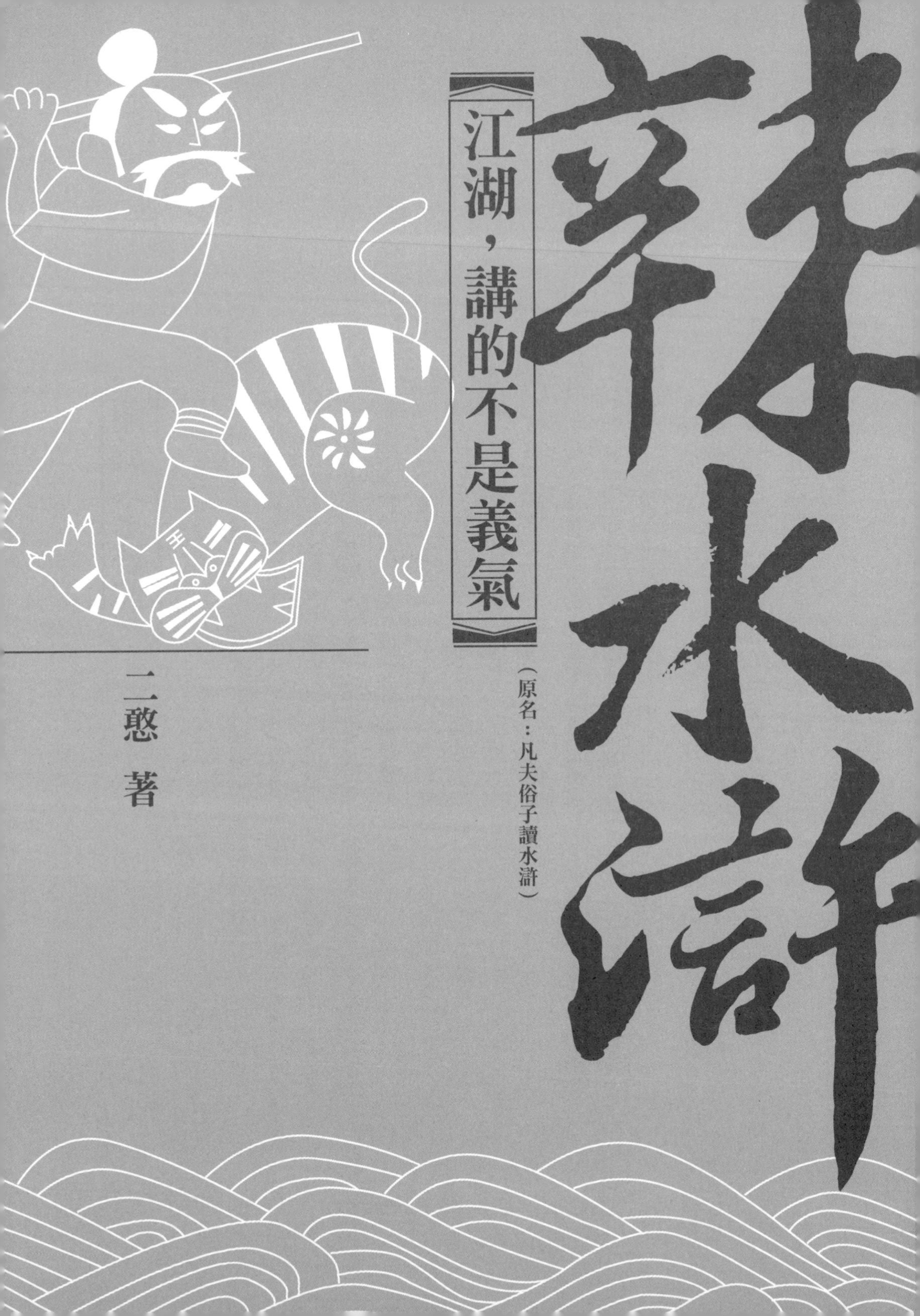
辣水滸
江湖，講的不是義氣
（原名：凡夫俗子讀水滸）
二憨 著

關於《水滸傳》

《水滸傳》又名《忠義水滸傳》，是中國歷史上第一部用白話文寫成的長篇章回小說。關於作者，歷來說法不一，有的學者認為是施耐庵，有的學者認為是羅貫中，有的學者認為是施耐庵所寫，羅貫中進行了整理和編輯。此外，還有施惠說，郭勳託名說，宋人說等等。當前，學術界廣泛認可的作者是施耐庵。

施耐庵，生卒不詳，元末明初的文學家。他博古通今，才氣橫溢，三十五歲時曾中進士，後棄官歸鄉，閉門著述，並根據《宣和遺事》及民間口頭傳說、話本、雜劇中有關宋江起義的故事，寫成了「中國古典四大名著」之一的《水滸傳》。

《水滸傳》講的是北宋末年朝政腐敗，以宋江為首的一百零八位好漢在梁山泊聚義的故事。作品開篇寫了一個一向被人厭棄的破落戶子弟高俅，靠踢球贏得皇帝的歡心，當上了殿帥府太尉。他與奸臣蔡京、童貫和楊戩朋比為奸，殘害忠良，逼得一些朝廷命官，普通百姓，甚至雞鳴狗盜之徒，都紛紛投奔梁山落草為寇。經過「三打祝家莊」、「夜襲曾頭市」、「兩贏童貫」、「大敗高俅」等一系列戰役，水泊梁山達到了全盛。與此同時，領導集團也排定了「三十六天罡，七十二地煞」的座次。面對梁山義軍越戰越勇的勢頭，朝廷改變策略，對其進行安撫。梁山好漢接受招安之後前去征遼，幾經征戰，始得凱旋；接著又奉命平田虎、平王慶、征討方臘。雖然最終贏得勝利，但梁山好漢死的死、殘的殘、溜的溜、隱的隱，只剩下了二十七人。然而，就是這些倖存者也未能逃脫接踵而至的厄運。宋江、盧俊義被藥酒、水銀毒死，李逵又被宋江臨死時拉去陪葬，吳用、花榮也在蓼兒窪自縊身亡……

在封建專制統治者眼中，造反歷來都是大逆不道的。《水滸傳》卻反其道而行，為這些所謂的「造反」者樹碑立傳，並大力渲染他們替天行道、除暴安良的英雄壯舉，使之成為讀者心目中的英雄人物。

由於《水滸傳》在文學方面的成就，以及它所反映的社會狀況和價值觀方面的意義，一直受到後人的讚許。明代小說家馮夢龍將《水滸傳》與《三國演義》、《西遊記》、《金瓶梅》定為「四大奇書」。清代文人金聖歎就曾將《水滸傳》與《離騷》、《莊子》、《史記》、《杜詩》、《西廂記》合稱為「六才子書」。並斷言「天下之文章，無有出水滸右者。」還感歎道：「嗚呼，天下之樂，第一莫若讀書；讀書之樂，第一莫若讀水滸。」又說：「不讀水滸，不知天下之奇。」毛澤東曾開玩笑說，《三國演義》、《水滸傳》、《紅樓夢》，誰不看完這三部小說，誰就不算中國人。時至今日，從各個角度來解讀、點評《水滸傳》的作品數不勝數。其中以《辣水滸——江湖，講的不是義氣》最為大膽，也最為另類。

水滸為什麼是「辣」的？

作者之所以稱水滸為「辣」水滸，是因為談到水滸便離不開江湖，談到江湖便離不開梁山好漢，談到梁山好漢就離不開酒。這頂天立地的一百零八個人，有一百零八樣出身、一百零八樣面孔、一百零八樣性格，卻有一個共同的愛好，那就是喝酒。行者武松要過景陽岡，聞聽山上有老虎，索性喝上十八碗酒；花和尚魯智深半桶酒喝下去，倒拔楊柳，豪氣干雲天；宋江醉酒題反詩，敢笑黃巢不丈夫……酒是辣的，它是英雄脈管裡燃燒的血，更是英雄性格的寫照。

本書作者二憨就是從水滸人物熱辣的性格入手，解讀那些被扭曲和異化的人性，從而顛覆了傳統印象中「水滸英雄」的「好漢」情結。在他狠辣的筆鋒之下，林沖這個連自己老婆被人調戲都能忍氣吞聲的男人，是個不折不扣的自私鬼；吳用雖然是「智多星」，可是再聰明也是小聰明；嘴裡高喊忠義的宋江，不過是面黑者玩的厚黑學把戲；武松、李逵、楊雄、石秀等人只知道殺女人，魯智深才是真正的「護花使者」……如此辛辣的解讀，即便不能跌破你的隱形眼鏡，也會讓你目瞪口呆。除此之外，讀者還可以洞悉《水滸傳》裡存在的諸多疑問，諸如一百單八將「聚義」的水泊梁山，是除暴安良還殺人放火？由「聚義廳」變為「忠義堂」，「義」的涵蘊何在？李逵殺人甚多，是正義的做法還是變態的行為？潘金蓮是淫婦還是女性解放的先驅？宋江招安，撇開特定的政治影射，到底有沒有一定的道理？……作者由點到面，橫擴縱連，透過《水滸傳》的背後，看人生、看人性，進而談社會、談制度。

另外，本書的書名也體現了作者思想的特立獨行和閱讀視角的與眾不同。正如他自己所說：「別人解讀的《水滸傳》是苦的，而我解讀的《水滸傳》卻是辣的。」如果讀者朋友們的閱讀口味想求新求異，不妨前來一試。

序言

一個人寂寞，兩個人江湖。

江湖，是你的江湖，也是我的江湖，更是他的江湖。不僅是男人的江湖，還是女人的江湖。何謂江湖？有人的地方就有江湖。醉酒當歌、萬丈豪情、愛恨纏綿、百味人生。江湖在哪裡？就在這本書中。

不知施耐庵寫《水滸傳》的時候，想到了沒有，他的文章會這麼熱門，熱門了幾百年之後，還有越燒越旺的勢頭。一熱門不要緊，害得現在還有人幻想著行走江湖，揚名立萬。如今，關於江湖和武俠的文章滿天飛，一些子虛烏有的英雄好漢，全都被杜撰了出來，開始了笑傲江湖的俠客行。

武俠迷們可能覺得武松打虎、魯智深倒拔垂楊柳、花榮射雁、燕青打擂、張清彈石子、一丈青扔繩套，那些本事落伍了，便賦予了這些新出道的大俠一些玄而又玄的功夫。使其具備了風行水上的輕功，隔山打牛的力道，發光放電的能量，千里傳音的絕技，意念點穴的神經，比公孫勝的撒豆成兵還要魔幻和絕妙。一時間，連走路還不穩當的孩童，弱柳扶風般的女子，手無縛雞之力的書生，耄耋之年的老人，都伸拳踢腿，凌波微步了。

也難怪施耐庵的《水滸傳》會熱門起來，平民百姓們自古就有俠義情結，他們生活在社會的最底層，受盡了欺負，有苦無處訴、有冤無處伸、有仇無處報。於是，江湖和俠客，就成了他們心中的寄託和希望。

有朋友說《水滸傳》一點也不溫柔，其實是被殺人放火的假象矇蔽了，還沒有摸準水滸的要穴，沒有找到登錄的密碼，沒有裝上解密的程式。你不妨這樣理解：武松打的不是老虎，是膽怯；魯智深拔的不是垂楊柳，是寂寞；楊志賣的不是寶刀，是一個有為青年心中的理想；燕青玩的不是相撲，是感情；張清彈出的不是石子，是自我的清盤，是對垃圾程式的卸載。這樣一來，梁山一百零八位大俠頓時鮮活、靈動起來，時而變成了風情萬種的美少女，時而變成了一個萬千氣象的八卦推衍圖，時而變成了人體的五經八脈……

本人所解讀的《水滸傳》，是將施耐庵筆下的水泊梁山，看作是一個搖曳多姿、魅力無窮的美少女，有著美髯公朱仝一樣的眼睛，撲天鵰李應一樣的耳朵，雙鞭呼延灼一樣的鼻子，拼命三郎石秀一樣的牙齒。如果你沒有被她迷倒，那說明你還沒有領略到她藏於深閨的魅力。整部《水滸傳》描畫的就是江湖這位美少女變化莫測的生活，並揭示了她不幸的命運。

在水泊梁山這個江湖活化石裡，誰是真正的江湖好漢呢？誰看上去兇神惡煞，其實骨子裡最尊重生命，從不濫殺無辜呢？誰愛玩殺人遊戲，殺人如麻卻從不當回事呢？誰最富有心機，沉穩老練，卻總是醉酒張狂，一次次毀滅自己的人生理想呢？這一系列問題，也許都很好回答。

但以下這些問題卻讓你絞盡腦汁：西門慶和潘金蓮的戀情到底是不是一場男女情感之戀？宋江真的去江州服刑坐大牢了嗎？高俅踢的是球嗎？楊志押解的生辰綱是金銀珠寶嗎？三打祝家莊打的是什麼？招安投降究竟隱含了什麼意義？……這些問題的真相，即便不能跌破你的隱形眼鏡，也會讓你目瞪口呆。

也許讀者們最關注的是那份一百零八將排行榜的榜單，並想一探究竟，它是一份單純的武功排行榜，還是隱藏了某些排列規律？如果有規律可循，是按照什麼標準排列出來的？想知道其中的祕密，你也只需翻開本書就足夠了。

我相信，你讀完本書，一定有如坐過山車一般心潮起伏，久久不能平靜。這一份驚喜，永遠也不會忘記。

目錄

目錄

第七章 庶民的江湖——我是你的忠實粉絲

第八章 大家的江湖——一個人寂寞，兩個人江湖

三拳打碎鐵飯碗

第一章

你的江湖

——逼上梁山是為了提拔你

花和尚魯智深

三拳打碎鐵飯碗

人在江湖漂，怎能沒把刀。翻開《水滸傳》，要的就是江湖那股味兒。

我之所以開篇講魯智深，是因為他離佛最近、最有緣，佛家講究的就是一個緣字，而江湖中的諸位英雄好漢，就是靠緣分和義氣走到一起的。魯智深，魯莽很深，智慧也很深，不就是江湖人物的招貼畫嗎？如果江湖人物不秀其魯，就展現不出仗義的風采；不秀其智，就展現不了江湖人物的能耐，也就塑造不出打家劫舍、劫富濟貧的好漢形象了。魯智深，說白了就是江湖人物的精神寫照，是其核心的競爭力。

江湖人物少不了綽號，沒有綽號，就沒了名氣。一個「花和尚」，就把魯智深的江湖名頭推向了頂峰，天下無人不知，無人不曉。其和尚二字，就不用說了，他曾是個出家人，關鍵是一個「花」字。佛家講究四大皆空，但在外人看來魯智深不忌酒肉，不受戒律，出家人的心應如白紙，而魯智深的心卻被塗上了顏色，行於內而諸於外，因其心「花」而得名這個字。也可以理解為「護花使者」，魯智深一生幾次重大的轉折，都和保護女人有關。武松、李逵、楊雄、石秀等人只知道殺女人，而魯智深卻處處憐惜女人。

他在酒樓聽了金翠蓮的哭訴後，三拳打死了鎮關西；從五臺山去往東京的路上，狠狠地教訓了強搶劉太公女兒的小霸王周通；在瓦官寺，夥同史進，將姦淫民女的崔道成、丘小乙殺死。從這些行俠仗義的事蹟中，可以看出魯智深是一個可愛、可敬、可親、可信的「花和尚」。

當然，還可以理解成花錢的花、如花似錦等。魯智深，本來是花公家銀子的部隊軍官，有如花似錦的前程，後來被迫當了和尚，江湖人為其感到可惜，就送了他一個「花和尚」的綽號，以示人間不平，世道不公。細細一想，這話還真有點值得相信。他原本是掌管練兵和捕盜的武官，端著鐵飯碗，工作不愁，衣食無憂。那時候他還叫魯達，意思是愚魯就能發達。但他放著好好的官不做，卻效仿江湖大俠，路見不平，揮拳相助，三拳就打碎了自己的鐵飯碗。無奈只好跑路，到處流浪打工，靠道上朋友接濟為生，直到梁山入夥，才徹底安定下來。

魯智深三拳打死鎮關西鄭屠，真正原因是出於江湖的道義。那麼，鎮關西鄭屠到底是個什麼樣的人物？他是一個靠惡勢力，強行霸佔市場，宰豬賣肉發家的暴發戶。自認為手裡有了幾個臭錢，就想包個二奶滿足一下自己的獸慾。誰知這個無賴用強媒硬娶、虛錢實契的手段強佔弱女子金翠蓮，後來又將她趕出，還向金家父女追要典身錢。這種下作之事，當然為江湖好漢所不齒，況且遇到了花和尚魯智深這樣一腔熱血的俠義之士，不被滅了才怪。

在一個不好的社會制度下，人們選擇正義還是選擇飯碗的時候，往往選擇飯碗，但魯智深卻選擇了正義。他原本想教訓一下鄭屠，無奈下手太重，將人給打死了。造成一個人死亡的嚴重後果，自然觸犯了律法，魯智深只好腳底抹油，溜之大吉，什麼工作、飯碗，全然不顧了。在此之前，魯智深雖然身在軍中，但其素養、氣質、形象，已完全具備了一個江湖大俠所具有的全部潛質和水準。其打人的水準，實在是高，綜觀梁山各位大俠，打人能打出如此風采來的，還真沒有第二個。

武松醉打蔣門神，那是受人指使，其他如林沖、李逵等人，殺人者多，打人者少。而魯智深才真正表現出一個「打」字，可謂打出了花，打出了彩。完全採用江湖標準打法，每一拳出手，都可謂經典之作，令被打者只有招架之功，沒有還手之力。結果，他打的實在太投入，也太陶醉，一不小心造成了誤殺。其實按照這種事實，結合當時的法律條文，如果魯智深投案自首，透過關係，走走門路，是不會有死罪的。但魯智深還是最終走上江湖之路，這與時人避刑出逃的傳統習慣心理，有很大關係。

江湖好漢紛紛避刑出逃，難道是法律觀念淡漠嗎？非也，人們躲避的不是刑罰，是臉面也。國人面子之大大如天，殺人獲罪，顏面盡失，成了人品有污點的人，如何還能抬得起頭？一朝為賊終生是賊，國人的處世哲學裡，暈輪效應起了主導因素。

江湖殺人，比不過道德殺人。

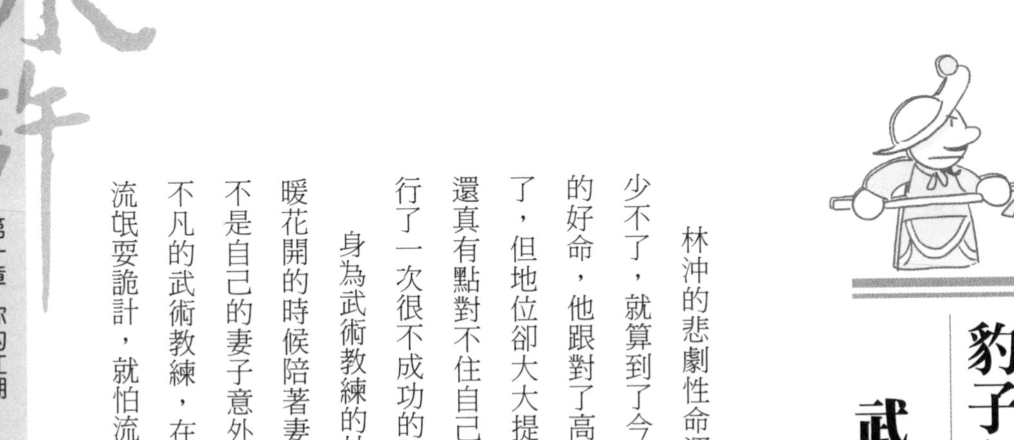

豹子頭林沖

武術教練的老婆也敢勾搭？

林沖的悲劇性命運，壞就壞在了富二代高衙內的身上。高衙內這樣的市井小混混，什麼朝代也少不了，就算到了今天的太平盛世，也能看到他們的影子。而混混雖多，卻沒有幾個有高衙內那樣的好命，他跟對了高俅，大哥發達了，他也搖身一變，成了大哥的寶貝兒子。雖然自身的輩分降低了，但地位卻大大提升。做為富二代，尤其是高衙內這樣半路出家的富二代，要是不玩出點另類，還真有點對不住自己。於是他將色瞇瞇的眼睛投向了東京國防部訓練處中校教官林沖的妻子，並進行了一次很不成功的性騷擾。

身為武術教練的林沖，生活過得還算寬裕，有個漂亮的妻子，有自己的房子，還有女傭伺候。春暖花開的時候陪著妻子逛逛廟會，同大相國寺的智深和尚，飲酒切磋功夫，日子過得也很逍遙。若不是自己的妻子意外在廟會碰上了高衙內，他的一生極有可能會在平淡中度過。反觀林沖這位身手不凡的武術教練，在這件事上還真為難：忍吧，老婆被流氓欺負；不忍吧，對方來頭又不小。不怕流氓耍詭計，就怕流氓有勢力。

其實，林沖骨子裡就是一個標準的公務員派頭，雖說不上官癮十足，不會行賄受賄，一門心思往上爬，但也想憑自己的本事混個一官半職。當他知道調戲老婆的小流氓是自己頂頭上司的乾兒子時，一下子就軟了半截，想想也就忍了。如此忍讓，目的無非是要保住自己體面的官位，最後還是魯智深替他出了這口惡氣。當知道是老鄉陸虞侯打著喝酒的幌子把自己騙出來，幫助高衙內強姦自己的老婆時，林沖第一個想到的就是提刀找陸虞侯算帳，而沒想去滅了高衙內那個花花太歲。高俅正是抓住了他的這根軟肋，摸準了他的脈，才一再給他下套，最後不得已，林沖只能被逼上梁山。

從梁山好漢的江湖標準來看，林沖起碼在兩個方面不合格。

第一個方面，缺乏為民除害的俠義心腸。無論是山神廟前殺掉陸虞侯，還是梁山上火拼王倫，全是因為一己私利。就算小流氓高衙內要強姦他的老婆，他也沒敢使出殺招。在被押往滄州的路上，明知兩個官差燙傷他的雙腳是欺負他，折磨他，也不敢揮拳相向。原因不外是幻想有朝一日刑滿釋放，以圖東山再起。要不是魯智深料想到會有這麼個結局，千里護送，早就被結束了小命，空有一身本事又有何用？

第二個方面，也是最關鍵的一點，哥們義氣不夠。整個《水滸傳》裡，林沖的形象都是灰色調的。小旋風柴進是因為仰慕他的身手才收留他，推薦他去梁山入夥，並非因為他的俠肝義膽。再說，柴進這個人就愛好虛名，喜歡結交江湖上的三教九流，林沖這樣大名鼎鼎的武術教練，他更不會錯過了。至於梁山第一任頭領王倫，之所以小心眼，防著林沖，是怕林沖奪了他的老大位置，恐怕與林沖這個人缺乏行俠仗義的精神有關。

翻看《水滸傳》，我們往往被林沖處處遭人暗算迫害，最終被逼上了梁山而憤憤不平，唏噓不已，卻很少有人想一想林沖本身是個怎樣的人。在梁山一百零八個大俠當中，唯獨林沖，除了與魯智深尚有話可說外，基本是一個人悶悶獨處，缺朋少友。

再看林沖的妻子一而再地被富二代高衙內調戲，除了高衙內的流氓本性作怪以外，我們不難明白，這多少也與林沖的自私有關。武松就不說了，假如換成魯智深，可能第一次就結束了高衙內的狗命，還容他一再放肆？起碼也要像王進那樣，揍不死他也要揍他個鼻青臉腫，讓他不敢再心生妄想，大不了這武術教練的工作不做，拍屁股走人。

說到底，林沖缺少的是一種男人的血性，這一血性不單單是敢不敢殺人，而是胸腔裡有沒有一團嫉惡如仇的怒火。殺人簡單的很，魯智深拳打鎮關西，武松血濺鴛鴦樓，無論是行俠仗義還是報仇雪恨，都為他們博得了一世英名，原因就是他們為民除了害。而林沖殺了陸虞侯和王倫，並沒有博來多少好評，不用說，讀者也能明白箇中原委。

林沖的妻子的遭遇也告訴我們：老公不會因為妳被調戲而毀了自己的前途。

青面獸楊志

面試、賣刀、行賄，一個都不能少

據楊志的自我介紹，我們知道他是楊家將的後代。祖祖輩輩都精忠報國，自己怎麼能落後呢？抱著「憑藉一身本事，邊庭上一刀一槍，博個封妻蔭子，也與祖宗爭口氣」的雄心，楊志開始了仕途上的打拼。可是他越想得到什麼，老天偏偏不給他什麼，給他的，都是一個又一個不大不小的玩笑。

楊志學生時代參加武舉考試，也還算順利，很快就在部隊混了個小官當當。沒多久，在一次從江蘇太湖向開封押送「花石綱」的差事中，黃河裡翻船，石頭沒了。耽誤了皇帝修建別墅，那可是不小的罪，楊志哪敢再回去，只好畏罪潛逃了。他路過梁山那一次，正趕上皇帝大赦天下，他便急不可耐地翻出家底，來到京城行賄買官。

楊志是一個有為青年，不甘心平庸地過一輩子。但他深知，在這個吏制腐敗、司法黑暗的社會，要想為自己謀個一官半職，除了送禮行賄，還真沒有別的路子。他耗盡了錢財，托關係走後門把簡歷送到了高俅高太尉的手裡，本想能應聘個軍中職位，哪成想高俅比他更黑。面試的時候，收完銀子就把他趕出了大門，臨走還狠狠地威脅了楊志一番，不治他的罪就已經是不看僧面看佛面了。

工作沒找到，銀子也花光了，怎麼辦？只好賣了祖傳的寶刀救急。沒想到這一賣，竟然賣出了自己的一世英名，賣出了到梁山入夥的資本。對於楊志來說，這絕對是一筆好買賣，如果不賣這把刀，就遇不到牛二，遇不到牛二，當然就殺不了牛二，殺不了牛二，哪來除暴安良的好名聲？哪來充軍發配，戴罪立功的機會？也就沒有智劫生辰綱這事，更不用說梁山聚義，水滸成名了。可以這麼說，是楊志成全了水泊梁山，成全了江湖的義氣。他雖然沒有將祖宗的精忠報國發揚光大，卻正打歪著，成就了一段蕩氣迴腸的江湖傳奇。

刀沒賣成，反而真正淪為了階下囚，楊志後悔到臉都青了。前面說了，楊志是一個有為青年，不可能一下子就會被這樣的打擊而打敗。成為罪犯有什麼可怕的，大不了積極表現，爭取減刑。只要你坐在牢裡耐心等待，機會早晚會找上門來。老天開眼，讓他表現的機會又來了，這一次還是保安的工作，從當時的大名府，也就是現在的北京城押送祝壽的財寶到都城汴梁。

有了前車之鑑，借給他天大的膽子也不敢大意，楊志沒有動用正規軍，怕惹人注意，遭到武裝打劫，僅僅率領十幾個走卒，打扮成小商販，偷偷摸摸上路了。他率領的隊伍，可不是保安公司派來的弱軍，而是全副武裝的廂禁軍。按說這次的保險係數大了許多，可是最終還是陰溝裡翻船，半路上遇到了以晁蓋為首的打劫集團，輕鬆被人家用蒙汗藥搞定了。楊志醒來一看，事情鬧大了，揣測自己變成一條九頭蛇也不夠砍腦袋之下，只好溜之大吉。

翻開《水滸傳》，一路看下來，發現楊志這個人，還真是蠻有意思的。你說他固執不懂變通，他還知道送禮行賄，時常為自己打個小算盤；你說他善於機變、圓滑世故，他又不會趨炎附勢巴結上司；你說他俠肝義膽，他還真沒有做過什麼行俠仗義的事情；你說他胸無大志，他還以光宗耀祖為己任。我琢磨來琢磨去，拋除江湖好漢這個名頭，楊志還真是個志存高遠的青年好典範。什麼事都信心滿滿，躍躍欲試，真讓他去做，不是嚇跑了，就是玩砸了。

我們從楊志的成長之路不難看出，他就是一個理想青年人生之路的縮影：出身名門使他從小受到良好的教育，面相醜陋讓他充滿了改變命運的理想，「高考」成功讓他躊躇滿志，不擅官場之道又到處碰得頭破血流；為了自己的前途不惜沾染行賄送禮的惡習，只要心存一絲仕途希望，就絕不放棄；受到侵權迫害就寄希望於暴力解決，用拳頭來消除心中的不平。

說起楊志，不能不提起他臉上的那塊青色胎記，我想施耐庵給他安排這樣一個面相，絕不僅僅是為了讓他獨具特色，博得一個「青面獸」的綽號，而是在暗示我們，所謂的江湖好漢，從娘胎裡出來就帶著人生的污點和先天的不足。而這個污點和不足，恰恰是上千年文化的糟粕以及人性的缺失。它流淌在我們的血液裡，不僅影響了我們容顏的健康，也是對國人拼命維繫的面子動作的莫大嘲諷。

一百零八個江湖大俠當中，楊志排名第十七位，排名還算前面。三十六天罡裡，楊志處於承上啟下的中間位置。而這一位置，可以說是梁山眾好漢前程的命門，故而列天暗星之位。楊志死了，天就暗了，預示著江湖消失了，剩下的只是殘存的一絲江湖之氣。

楊志這個人，對梁山和江湖來說，實在是太關鍵了。施耐庵之所以著意描寫他，那可不是閒著沒事瞎灌水，其用意之深，實難為外人所窺破。顯然，處於元末亂世之秋的施耐庵先生，有意無意在《水滸傳》中弘揚報國之志，但空有報國之志是不行的，還要集全天下義士之力，才能抵禦外侮，所以就有了梁山聚義。同時告誡世人，投降，只有死路一條。而這一切，都是透過楊志這條線展開的。從楊家將後代，到毅然走上梁山成為叛逆，最後在征討方臘途中死去的過程中，可以看出，施耐庵把天下百姓的希望，都寄託在楊志這個人身上。一個一心上進的好青年，理想逐漸破滅，被逼無奈造反，最終死在征討方臘途中，恰恰說明施耐庵和平民百姓對江湖的絕望，對理想的絕望。

楊志就是江湖，他在，眾江湖大俠才能熠熠生輝，才能行俠仗義，嘯聚山林；他死了，江湖也就隨之泯滅了，江湖眾大俠也就開始做鳥獸散，散落到平民百姓的心頭，成為他們永遠抹不去的痛。江湖，永遠是平民百姓心裡的江湖，永遠成不了救他們於水火的江湖。

行者武松
殺人遊戲不好玩

大才子金聖嘆是武松的第一粉絲，他認為：「武松天人者，固具有魯達之闊，林沖之毒，楊志之正，柴進之良，阮七之快，李逵之真，吳用之捷，花榮之雅，盧俊義之大，石秀之警者也。」一如此全能冠軍，敢問世間能有幾人？武松之所以在英雄堆裡脫穎而出，原因在於他具有品牌優勢——既能打虎，也能殺人。

人們記住武松，總和老虎扯在一起。武松打虎，確實是一件風光體面的事。他打死了害人無數的大蟲，一夜之間成了陽穀縣甚至更廣地區的「先進典型」，並且進入了捕快隊伍，成了眾巡捕的領導——都頭。至於他殺人，風光的案例也不少。無論是殺西門慶還是蔣門神，都被人們津津樂道。但殺人畢竟不同於打虎，除了法律上的官司比較麻煩外，還容易落下心理上的創傷。武松身上的江湖氣，在梁山一百零八位大俠中，除了魯智深，應該就是他了，但心靈的創傷，魯智深是無法比的，可以說，武松是梁山好漢中心理陰影最重的一個。

在武松的眼裡，解決問題最有效的辦法就是暴力，以致嗜殺成性，一路打打殺殺下來，把江湖變成了血雨腥風的廣告詞。在水滸眾大俠裡，我們不難發現，武松是殺人最多，殺氣最重的人。按說他也是個結佛緣、有佛心的人，如此輕易地痛下殺手，殺人殺得麻木，殺得懶於再殺，除了仇恨的原因，我們更應該從武松的內心世界去尋找蛛絲馬跡。

從個人的成長經歷來看，武松的人生之路從小就充滿了不幸，父母早亡，與哥哥相依為命，備受世人欺凌，幼小的心靈裡，種下的全是仇恨。除了身材矮小的哥哥給他無盡的關愛外，幾乎感覺不到人世的溫暖，這讓他的內心又變得冷酷和無情。從他懂事起，就明白了一個道理，誰的拳頭硬，誰就是老大，像哥哥那樣弱小善良，就只有被欺負的份，所以他特別迷信武力。

哥哥武大郎身材的先天缺陷，使武松內心充滿了自卑和不平，為此常常做事偏激，因為一兩句拌嘴，而與人拳腳相向的事情經常發生，後來就因為打架致人昏迷，誤以為將人打死，而倉惶出逃。武松的內心，既強悍又脆弱，如果活在現今社會，早就應該請求心理援助了。

《水滸傳》中，武松的亮相可謂精彩至極，人們往往流連於武松打虎的神勇與痛快之中，過足了降服魔獸遊戲的癮，但很少有人想到施耐庵讓武松這樣登場的用意。除了樹立武松的江湖形象外，更重要的是讓武松跨過了心理的難關。沒有這一次鋪墊，武松可能很快就會被自己內心的脆弱所擊垮，不可能再有後來那樣堅定的意志和過人的膽略。

武松第一次殺人是他出差回來後，發現相依為命的哥哥被人害死，這樣殘酷的現實怎樣讓武松接受？別說是武松那樣的硬漢，就是一個普通的弱女子，也不可能不憤怒，不瘋狂。哥哥武大郎就是武松的天，天塌了，報仇雪恨也就成了武松人生的唯一目標。

武大郎之死源於妻子潘金蓮的偷情，在《水滸傳》裡發生的眾多婚外情中，每一次都是以血腥的屠殺為結局，每一次都會有一位大俠被逼上梁山，成為江湖人物。這次也不例外。武松在景陽崗打死吊睛白額虎，載譽而歸之後，嫂嫂潘金蓮便對他一見鍾情，「大蟲也被他打倒了，必然有好氣力。」男人的健壯在女人眼中自然是優點，這是最質樸的審美觀。當潘金蓮表白愛意時，武松的反應卻過頭了，讓人家的自尊蕩然無存。

「嫂嫂，休要恁地不識羞恥！」「倘有些風吹草動，武二眼裡認得嫂嫂，拳頭卻不認得嫂嫂！」不為美色所惑，不壞人倫固然是條真漢子，但自古美女愛英雄，嫂嫂喜歡英俊瀟灑的小叔子，難道就十惡不赦了？愛之深便會恨之切，無怪乎潘金蓮幽怨地說了句：「好不識人敬重！」緊接著就有了紅杏出牆，毒殺親夫的悲劇。我們知道，憑武松的秉性和對哥哥的感情，一場殺人遊戲的序幕也就拉開了。

這次殺人，武松是非常講究的，沒有魯莽行事，甚至為自己的後路都想好了。首先確定了殺人兇手，以防錯殺亂殺；其次找好了鄉鄰證人，錄了口供；再次是先殺的自己的嫂子潘金蓮，因為是她親手殺害哥哥；接著讓手下看管好王婆和鄉鄰，提著嫂子潘金蓮的人頭去找西門慶算帳。

武松之所以這麼做，用意有二，其一是讓西門慶明白，他已經知道殺害哥哥的主謀就是西門慶，自己是來尋仇的，讓西門慶自覺理虧而先失去銳氣。其二，也是最重要的一點，就是從氣勢上壓倒西門慶，畢竟這是第一次要面對一個會武功的人動殺機，自己能不能取勝，武松的心裡還真沒底，畢竟殺人可不是鬧著玩的，打不死別人，可能就會被別人打死。

這一招果然奏效，當他找到西門慶，包袱裡骨碌碌滾出嫂子潘金蓮的人頭，西門慶當即嚇傻了眼，妄圖奪路而逃。武松快步趕上，沒幾個回合就把西門慶從樓上扔了出去，西門慶被摔了個半死，輕鬆地被武松喀嚓了人頭，提了回去祭奠哥哥。

有了這一次真實的殺人經歷，武松的心理真正堅強了起來，不再害怕面對死亡。沒了哥哥，武松也就了無牽掛，一個人吃飽全家不餓，這讓他殺人沒了心理上的負擔。以致於後來血濺鴛鴦樓，殺了那麼多的人，武松還氣定神閒，好像根本就沒當回事。

這一次動的殺機，全然是為了江湖哥們意氣，看上去理由並不那麼充分，按現代人的觀點來看，根本就沒必要，不就是爭一個快活林娛樂場？他這樣一殺，就真正把自己推到了江湖裡，成了一名道道地地的江湖大俠。

要想成為江湖人物，不殺人是絕對不夠格的。《水滸傳》中，武松的地位之所以如此之高，就在於他是梁山一百零八位江湖大俠中，殺人遊戲他玩得最好、最風光。誅殺西門慶，血濺鴛鴦樓，每一次單打獨鬥都可堪稱經典。這與魯智深三拳打死鎮關西不同，魯智深是打人，沒想殺人，鎮關西死了純屬誤傷。而武松是殺人，所以出招就是殺招，並且武松與人對決，非常聰明，絕不魯莽蠻幹，都是勝券在握才下手，所以才會次次不失手。就這樣，武松所有的遭遇都和他的超級打手品牌緊密相連，直到落草成為職業打手。

武松武二郎在江湖中的地位和意義，要遠遠高於他在水泊梁山的地位，是江湖中人和準備踏入江湖的準江湖人，永遠膜拜的對象，就連非江湖中人，大多也是武松的粉絲。這一切，都應該歸功於他殺人秀秀得好。

回頭看武松這個人，心事還是蠻重的，心理的陰影一直籠罩他心頭，抖落不掉，揮之不去。所以施耐庵有意無意把他和佛連在一起，就是為了消解他身上、心中瀰漫的殺人戾氣，這一招也使人忽略了武松殺人的不良影響，使得他成為江湖上響噹噹的第一好漢。

綜合而言，武松由一個社會好青年最後走上了江湖的不歸路，是由許許多多的偶發事件造成的。試想，如果不是吏治腐敗司法黑暗，武松就能透過正常的法律手段為哥哥伸冤，將潘金蓮和西門慶繩之以法；如果沒有施恩與蔣門神的黑道恩怨，武松可能就會在孟州城老老實實地服刑改造；如果不是張都監蓄意陷害，武松又怎麼會殺他一家？武松的悲劇是許許多多本質不壞的青年最終被迫走上黑社會這條不歸路的縮影，有些事本來可以避免，有些事發生了就無法回頭。

一個殺人魔王的誕生，究竟是誰的責任？是武松，還是這個社會的。答案不言而喻。

踏入江湖，你就不能繞開武松，繞開了武松，你就只能是歹徒而不是好漢。但是殺人遊戲不好玩，入行千萬要慎重。

托塔天王晁蓋
別拿村官不當幹部

說起江湖，沒有晁蓋不行，但有晁蓋也不行。如果他不死於史文恭箭下，將來梁山諸大俠將何去何從？宋江該如何坐上水泊梁山頭把交椅？這實在是一個大難題，為此，施耐庵只好忍痛割愛，在天罡地煞排座次前，讓晁蓋死去，讓宋江獨自領銜唱這曲大戲。

單從晁蓋這個名字上看，顯然就是施耐庵玩的一個花招，而不是信手拈來的即興之作。意思就是江湖上太陽要出來了，請你準備好牛羊器皿開始祭奠吧，也就是立個基礎，做鋪墊的工作。江湖上的太陽是誰？每個看過《水滸傳》的人心裡當然都跟明鏡似的，這裡就不說破了。也不知晁天王晁大哥，九泉之下看到自己辛辛苦苦創下來的家業，讓別人佔為己有，心裡是否能承受得起。晁蓋不能復活，所以江湖至今仍蕩漾在平民百姓的心中。晁蓋還是挺講義氣的，這一條比較符合江湖人物標準，但他在行俠仗義這一點上，顯然還有所欠缺。尤其是他不具備遠大的政治目光及馭使群雄的權謀，對梁山的最大功勞只是「打響了反抗大宋王朝的第一槍」，弄了個「智取生辰綱」。他做為一個領導還可以，但做為一個領袖，顯然就勉為其難了。

在組團矇騙楊志之前，晁蓋在村裡大小當了個里正，也是有權有勢，有米有面的主兒，整天吆喝一幫所謂鄉村名流喝酒吹牛，日子過得也算瀟灑。這飯局多了，狐朋狗友自然就多，一來二去，名聲在外了。

他整天有酒有肉招待朋友喝酒取樂，自然覺得風光無限，可是那些缺金少銀的哥們卻不自在，面子哪能都讓你賺去，我們怎麼也得弄點銀子回請你啊？於是乎，幾個聞到了銅臭味兒的哥們，不謀而合，一起找到晁蓋，慫恿他組團打劫一次，撈它一票再說。晁蓋當然知道打劫官府的錢財是掉腦袋的事，可是誰讓他講義氣重感情呢？招架不住眾人的慫恿，最後心一軟，痛下決心，帶領幾個亡命之徒，兵不血刃洗劫了朝廷派出押送金銀財寶的楊志挑夫團隊，一起走上了發家致富的道路。

如果不是白勝沉不住氣，發了財就誇富豪賭，露出馬腳讓員警捉走，又經不住辣椒水老虎凳的考驗，供出晁蓋一夥，也許晁蓋一輩子就老死鄉村，呼朋喚友，喝酒取樂了。當然，施耐庵不讓我們有如果，我們有了如果，他就沒有了《水滸》，沒有了《水滸》，也就沒有了江湖。所以他老人家是萬萬不會答應的。

雖然晁蓋胸無大志，但他手裡有錢，有錢就好辦事，不讓他上梁山，還能讓誰上呢？說白了，楊志是梁山的送財童子，晁蓋就是梁山的斂財大爺。所以讓他窩在家裡喝酒解悶，豈不是委屈了手裡的那些金銀財寶？就算施耐庵答應，江湖也不答應。

晁蓋之所以要被排除在天罡地煞的次序之外，主要是因為他的水準太凹，不能夠與時俱進。由於出身所限，晁蓋一直就是個沒有明確目標的造反者，樂於過著當一天強盜搶一天糧、今朝有酒今朝醉的日子。這樣的快活日子李逵這樣的人願意過，而那些像宋江這樣不得已造反的人，是不願意一生都背著賊名的。如果晁蓋不死，誰也不好意思越過他，弄什麼創新變革，開創什麼千秋大業。這也就註定晁蓋出師未捷身先死，因為他只是一個湊在一起喝酒逗樂的土匪頭子、山大王式的角色，根本唱不了大戲。所以晁蓋的登場和離場都恰到好處，既很好地唱完了自己的戲，也沒有耽誤江湖的發展大計。要我說，施耐庵高，就高在他取捨有度，不感情用事，每個大俠的命運安排都嚴絲合縫，不留半點破綻。

火拼了王倫，晁蓋坐上梁山的第一把交椅，但這個人幫派意識太重，所依靠的鐵哥們其實只有阮氏三雄、白勝、劉唐而已，其餘的大俠並不是奔著他的名頭來的。相比之下，宋江絕對是「統戰」高手，他集結了梁山眾多大俠，儼然成了真正的山寨之主。相反的，晁蓋漸漸成了一個擺設，一個因為首義而成就的象徵符號，這個符號隨著宋江勢力的崛起，也越來越沒有用。

宋江在坐穩了第二把交椅後的第一件事，就是三打祝家莊。打祝家莊的理由很牽強，表面上是為了營救偷雞被抓的鼓上蚤時遷，而實質上則是宋江希望透過對外作戰來立威，進而達到慢慢架空老大的目的，捎帶著還能打劫一筆財富，彌補梁山財政的虧空。

當宋江把祝家莊打散架了之後，晁蓋就坐不住了，打著為弟兄出氣的旗號，執意帶著嘍囉去打曾頭市。此次事件的起因是曾頭市的人劫了盜馬賊金毛犬段景住打算送給梁山的見面禮——「照夜玉獅子馬」。這一段施耐庵寫的很有趣：「段景住對宋江說：『江湖上只聞即時雨大名，無路可見，欲將此馬前來進獻與頭領，權表我進身之意。不期來到凌州西南上曾頭市過，被那曾家五虎奪了去。小人稱說是梁山泊宋公明的，不想那廝多有污穢的言語，小人不敢盡說。逃走得脫，特來告知。』」

原來這匹馬是獻給宋江的，可見江湖上已經只知宋江不知晁蓋了。這對晁蓋來說簡直是莫大的侮辱，於是決定自己出面搞定這件事，進而鞏固自己的地位。施耐庵看到事情發展到這個地步，如果再不讓晁蓋下場，這戲非出亂套不可，於是結束了晁蓋使命，讓他下場休息了。

那麼，有讀者就問了，既然如此，為何不讓宋江直接登場，為什麼非要安排晁蓋先唱主角呢？這個問題問的好，問到了問題的關鍵，也就是晁蓋對江湖的作用問題。按照江湖的規矩，宋江顯然不能直接登場，他還不具備這個條件。江湖起事，一定是來自平民百姓，《易經》早已告訴我們，大風起自青萍之末。宋江做為一個縣級幹部，離庶民遠一些，不是萬不得已，直接造反也太過突兀，因為沒有群眾基礎。而晁蓋則不同，他來自庶民一族，瞭解平民百姓的生活和需求，而且在平民百姓中有一定的地位和威信，同時還具有江湖人物的哥們義氣，所以第一個登場也就順理成章了。沒有晁蓋打下底子，做好鋪墊，宋江的出場，就沒有了根基，屬於無本之木，當然不能發展壯大了。

由此可見，晁蓋對於江湖來說，有著承前啟後的樞紐作用，雖草莽有餘，韜略不足，但仍是一個英雄好漢。雖然沒有草創江湖，卻是江湖的發軔，江湖的種子，沒有這顆種子，就算宋江再有本事，也憑空捏造不出個江湖來。所以說，施耐庵非同凡人，就在於他讓我們明白，萬事萬物各得其所，江湖是平民百姓的江湖，那就不可能來自朝廷之上，哪怕朝廷之人最後淪為江湖的主角，最終也會把江湖葬送掉。

智多星吳用
再聰明也是小聰明

任何一個大一點的幫派，一般都會有個軍師級的人物，這種人多少受過一些良好的教育，視野比較開闊，腦筋比較靈活。

水泊梁山上的吳用就扮演了這樣的角色。關於他的名字，是大有講究的，考究起來，大致包括兩個意思，第一個意思就是大家都熟悉的意思，百無一用是書生，滿肚子酸水的秀才，抵不上一個舞槍弄棒的大兵；第二個意思才真的有意思，如果一身學問本事要是沒有用處，無處發揮施展，那就只有造反了。這一點大概寄託了施耐庵的文人理想，表達了讀書人鬱鬱不得志的憤懣之情。

讀過《水滸傳》的人都知道吳用這個人腦袋瓜冰雪聰明，滿肚子壞水，歪點子張口就來，足智多謀，才華出眾。但是生不逢時，因為那個年代，沒有誰把文化水準當回事，把知識份子看上眼，所以吳用只能屈居鄉村，當了一個民辦教師。

施耐庵雖然沒有交代吳用到底有沒有參加過科舉考試，但我們可以斷定他不一定有功名在身，否則也不會走上「黑社會」的道路。這就等於是一個高級中學畢業生，考不上大學跳不出農門，只能在鄉間當一個教師，可是又心比天高，覺得自己懷才不遇。

他當然看不上眼這樣無聊的工作，心有不甘又無可奈何，因此，沒事就找一幫子哥們喝酒窮樂。正當他百無聊賴，無所事事的時候，好事找上門來，有一筆大買賣正等著他。這樣的機會，對於落魄秀才吳用來說，可是不願意錯過的，他熱血沸騰，激動得哪還睡得著覺，親自找到經常一起喝酒的大哥晁蓋，遊說他領著哥幾個鋌而走險，先發個財再說。

其實要我說，發財不發財，吳用倒真沒太在意，施展一下自己的才學，發揮一下自己的特長，闖出一片新天地，才是他造反的內心驅動力。當然了，摟草打兔子，如果能順帶撈些外快，發一筆橫財，那也是天大的好事。

吳用第一次出山，就顯示出了軍師的水準。這幾乎是《水滸傳》中最為經典的一次遊說，吳用首先玩了一次天人感應：「保正夢見北斗七星墜在屋脊上，今日我等七人聚義舉事，豈不應天垂象？此一套富貴，唾手而取。」接著便開始施展陰謀、陽謀：「我已安排定了圈套，只看他來的光景；力則力取，智則智取。我有一條計策，不知中你們意否？如此如此。」沒有這次遊說，就不可能有後來梁山的一切。說實話，要是真刀真槍、硬碰硬地死磕，晁蓋幫也不一定鬥得過楊志的挑夫隊，說不準偷雞不成反而會丟了口袋，被人家一陣亂打。正是吳用導演的一場活話劇，把楊志和他的挑夫隊弄迷糊了，晁蓋眾人才趁火打劫，發了一筆大財。

吳用以低微的出身，在集團中擔任參謀長的角色，自然有其過人之能，其手腕和陰謀詭計在梁山上除宋江外，無人能敵。知識份子玩陰的還是很狠的，火拼王倫，江州劫獄，計賺盧俊義，都是他一手策劃的，並參與其中。

不僅如此，在梁山的幾次重大事件中，吳用不僅政治正確，而且站對了地方跟對了人。人要有這個本事，在任何組織、任何地方都不會混得太差。水泊梁山一百零八位大俠裡安排這麼一位手無縛雞之力的書生，符合國人的思維邏輯和做事習慣。

漢朝劉邦有張良，三國劉備有諸葛亮，明朝朱元璋有劉伯溫，更別說戰國時代舌辯之士縱橫天下了。要是沒了這樣一個專門出出餿主意，想想歪點子的智囊，好像天下的頭兒都做不成事一樣。自從有了吳用，晁蓋也好，宋江也罷，膽子也大了，心氣也足了，做什麼都好像手到擒來那麼輕鬆了。就這樣，施耐庵有意無意，把知識份子的作用凸顯了出來。

綜觀吳用的草莽之路，你會發現，知識份子闖江湖，多少帶了點辛酸的味道。正所謂，秀才造反，三年不成。古人講究個文治武功，說白了就是用拳頭打天下，用腦袋管天下。打天下的時候，拳頭硬就行，想法多了反而會礙事。中國幾千年的文化傳承，無論什麼年月，動腦筋的事情都少不了。但亂世之中，知識份子不受重用，沒了用武之地，那也是挺糟糕的事。閒得屁疼的知識份子多了，那些尖酸刻薄也就緊跟著來了，搧陰風點鬼火的自然不會少，天下不大亂才怪。

有詩說道：「江山自古閒不得，半歸名士半英雄。」正是歷史的部分寫照，水泊梁山之所以名揚天下，成為風景名勝，原因出了這麼一群江湖英雄。時逢亂世，知識份子大多落難，也是生活的必然，命都保不住了，知識還有個屁用。而說到江湖，知識份子少之又少更不足為怪，他們大多居朝廷之高，看不起庶民江湖的野蠻之氣，再者知識份子早被酸文假醋泡軟了骨頭，缺少豪爽俠義之膽，殺人越貨之心，幹不了江湖上的買賣。所以梁山一百零八位江湖大俠，知識份子寥若晨星也就理所當然了。

吳用這號人物，江湖不能少，少了狗頭軍師，江湖只能草寇流氓的天下，成不了氣候。但也不能多，多了就成了扯皮鬥嘴的場所，消解了江湖的豪爽俠義之氣，最終也成就不了什麼大事。

一個文弱書生，置身於一群坦胸露背、粗門大嗓、殺人越貨的莽漢之間，也真夠難為他的了。在晁蓋和宋江之間，吳用有著很好的潤滑作用，協調著兩人之間的觀念之爭，平衡著兩人之間的權術之鬥。尤其在解決眾位哥們的思想認識問題上，也充分發揮了一個政治教員的理論水準和認識高度，多次讓眾位哥們統一認識，抱成一團，宋江的改革大計才得以貫徹實施。

沒有吳用高超的政治思想工作，宋江高瞻遠矚，為眾位江湖大俠重歸正統，進入朝廷而精心炮製的招安大計，根本就無法實施，僅阮家幾位哥們，就會把局攪黃。這件事，真正看出了吳用幫閒文人的本色，沒有他這個萬能膠，水泊梁山還真有成為一盤散沙的危險。

其實，吳用對宋江的招安之策，也是有自己的顧慮，但除了招安，他也想不出怎樣才能為兄弟們找到一個更好的出路。江湖不是永遠的立足之地，無論是歸順現政府，還是自己打下江山，目標都是一樣，那就是重返朝廷，這也是吳用這樣的知識份子骨子裡學以致用的歸途。所以，他一開始從內心就接受了宋江的設想，故而經過深思熟慮後，還是說服了阮家兄弟等人，推波助瀾，促使其同意招安。

吳用雖然一開始投奔的是晁蓋，但隨著宋江派系的日益壯大，在關乎自己未來前途命運的大事上，最終倒向了宋江，成了宋江成功架空晁蓋的最大幫兇。說難聽點就是出賣大哥，完全是投機政客的行為。

沒有吳用的合作，宋江就算最後奪得梁山的領導權，恐怕也要花費巨大的代價。在三打祝家莊之後，兩個人越來越緊密，幾乎成為一體。大才子金聖嘆在評改《水滸傳》時，一直就認定宋江是滿口忠孝、心懷不軌的偽君子，其實他的心思和假仁假義能夠騙過世人，能夠騙過山上大部分兄弟，但是騙不過吳用。在梁山上唯一能夠讀懂這位宋哥哥的就是我們的吳老師。他對宋江心思的揣摩可以說到了極致，每一次的建議都能夠符合宋哥哥的意圖，而且時間點上恰到好處。

施耐庵在《水滸傳》裡把吳用描繪的像諸葛亮重生一樣，但細究起來，這位軍師搞陰謀詭計在行，可是真要他謀劃大政方針最多也就是個鄉村小學教師的水準。但是我們不得不承認，吳用很善於玩陰的，要不也混不上梁山第三把交椅的位置。無論是火拼王倫、設局陷害盧俊義，還是騙李應和徐寧上山，燒人家莊子，殺朱仝看護的小公子，梁山幹的這幾件事，每一件吳用都有份。

在真正碰上大事情，需要吳老師用陽謀的時候，他又顯得十分無能。所謀劃的計策水準都很低，有的成功完全是僥倖，有的則是得不償失。施耐庵把梁山這位軍師取名為吳用，倒也十分有趣，因為這位軍師實在無用。舉一個最明顯的例子，宋江和吳用想招安卻偏偏與蔡總書記和高部長結下不可化解的仇恨，明知仇恨是無法化解的，在三敗高俅，並將其活捉後，還是把人給放了。並且和宋江一起親自送高部長下山，一直送了二十多里。然而事與願違，高部長脫離虎口，不但將招安的事情忘個精光，還把蕭讓和樂和囚禁在府中。這時候吳用開始馬後炮了：「我觀此人，生的蜂目蛇形，是個轉面忘恩之人。他折了許多軍馬，廢了朝廷許多錢糧，回到京師，必然推病不出，矇矓奏過天子，權將軍士歇息，蕭讓、樂和軟監在府裡。若要等招安，空勞神力！」看到這裡不禁讓人啞然失笑。水泊梁上有這麼一位「小事精明，大事糊塗」的參謀長，不敗才怪。

我怎麼看吳用，怎麼像是施耐庵的化身，落魄的知識份子們常常嚮往自己混跡於眾多的英雄好漢之中，藉助他們的力量，實現自己實現不了的抱負。這種幻想是很多知識份子的通病。

可以說，施耐庵正是透過吳用的口，硬生生地說出一個江湖來。

即時雨宋江
面黑者玩轉厚黑學

宋江外號「即時雨」，沒有他下的「即時雨」，還真衝不出偌大一個江湖來。上梁山就等於下江湖，因為梁山就在水泊裡。細數梁山眾好漢，差不多都與宋江有著千絲萬縷的關係，很多都是他一個一個親手送進去的，故而叫他宋江，也就是取其送入江湖的意思。宋江一手締造了江湖，又一手毀滅了江湖，這幾乎是中國上千年命運的縮影，由朝廷到庶民，再由庶民到朝廷，循環往復，自生自滅。但滅掉的是形式，滅不掉的是魂魄，這也是成王敗寇文化的精髓。

從宋江的人生理想和處世哲學來看，他並非中意江湖，「下海」也是被逼無奈，曲線救國，走個彎路再繞回正道。江湖僅僅是他手中的一個工具，一個跳向朝廷的踏板。中國歷史上幾乎所有的英雄都逃不了這個宿命，所以其英雄的價值，早已大打折扣。

我讀水滸，常常想不透宋江的服人之處，他的號召力到底來自哪裡呢？僅僅是仗義疏財，哥們義氣？做為一個縣級政府的祕書長，宋江與縣太爺的交情好像不錯，這一職位也讓他經常接觸到各地來往出差的基層小官吏，官場上還算吃得開。但一個已過而立之年的公務員，不回家娶老婆生孩子，整天醉心於結交狐朋狗友，你來我往，喝酒應酬，總會給人一種不務正業的感覺。不管什麼角色，只要缺少盤纏路費，宋江都會慷慨解囊，另外，他還是個熱心腸，不管三長兩短，是非曲直，只要找到他，就會有求必應。

由於到處賣人情、拉關係，才博得了一個「即時雨」的好名頭。宋江這樣做，足以成為千古黑幫老大的楷模。當黑幫老大最重要的氣質是什麼？不需要才高八斗，也不需要武藝高強，只需要你捨得花錢，兄弟才會為你賣命，為你去搞錢。當然要成為老大，光靠仗義疏財還是不夠的，做老大的另一個重要特質就李宗吾先生所總結的厚黑，也就是要皮厚心黑。

宋江能成為水泊梁山的老大，其厚黑之術當然有獨到之處，特別是在招降霹靂火秦明的時候，其厚黑之術發揮到了極致。他事先派人冒充秦明洗劫青州，殺死很多無辜百姓並害了秦明一家被殺，導致其斷送了白道大好前程，這是黑的一面。而事後告訴秦明真相並許配花榮的妹妹，又是厚的一面。更為陰險的是，宋江為人處事總是要扮出一副仁義大哥的樣子，齷齪的事情最好是讓小弟比如李逵這樣的手下來做。如此老道，難怪後來能成為梁山黑幫組織的老大。

從始至終，宋江都把自己隱藏的很深，尤其是自己的野心抱負，從不向外人道也。即使在人生最低潮的時候，也就是江州坐大牢那段日子，也沒有泯滅自己的野心，仍然賊心不死，蠢蠢欲動，所以才會發生潯陽樓題反詩那一幕。

除了有野心，宋江還是一個胸懷寬廣大度，指揮若定，善於總攬全局，解決問題的高手，非常具有領袖氣質。這一氣質是別人很難具有的，別說晁蓋，就是人見人誇的玉麒麟盧俊義，相較起來，也是略遜一籌的。智取生辰綱之後，江湖上人人傳誦的不僅僅是晁蓋幫，還有解救晁蓋幫上梁山的宋江。宋江這一義舉，使他真正成為了江湖上最具俠義精神的英雄，使其江湖地位達到了頂峰，自身的號召力達到了盛況空前的地步。可以說胳膊一揮，天下烏龜、螃蟹、大龍蝦，都紛紛響應，一同來投奔。

宋江義救晁蓋幫，是以殺害包養的情人，丟掉飯碗，蹲大獄為代價的。說起那閻婆惜也夠可憐的，但可憐之人必有可恨之處，她與人私通，給宋江戴頂綠帽子。對於這件事，好像宋江並不介意。千不該萬不該，不該用晁蓋幫寫給宋江的信要脅，搜刮宋江的一百兩金子，金子事小，她曉得了宋江私通匪寇的事大，那可是要殺頭掉腦袋的。這樣的大事她都知道了，按說知道就知道了，可還要說出來，宋江怎能饒過她？真是見財起意，色膽包天，不知深淺好歹了，正應了最毒婦人心那句老話。

要說殺了閻婆惜義救晁蓋幫使宋江名噪一時，三打祝家莊就顯示了他卓越的領導和指揮才能。這是梁山好漢主動出擊，啃下的第一塊硬骨頭。頭兩次，沒有把祝家莊的人打下，反而讓祝家莊的幾個哥們怕得抱頭鼠竄，第三次宋江下了黑手，才算擺平這件事，並為矮腳虎王英討了個如花似玉的老婆，順帶討好了眾兄弟，贏得了眾好漢的人心。

第一次出手就打得這麼漂亮，不僅鞏固了自己在梁山的地位，顯露出自己過人的才華，也奠定了事後取代晁蓋的領導地位的基礎。義救晁蓋幫和三打祝家莊，可以說是宋江人生道路上最為重要的兩步棋，這兩步棋下的非常漂亮，非一般人所能做到。說到這裡，宋江超強的公信力和號召力，才逐漸讓我摸著了頭腦。

宋江是一個精通權術之變的高手，這也是做為一個領袖必須具備的素質。無論是招降神槍手徐寧，還是計賺盧俊義，都能看出他為了達到目的不惜採取各種手段，甚至濫殺無辜的厚黑本性。

招安之前，他能招攬天下各路英豪，壯大自己的實力，並且讓梁山組織成功轉型。大凡成功的黑社會組織，終極命運要嘛是被鎮壓，要嘛就是成功漂白。於是宋江打出了「替天行道」的大旗，意思就是我們不是黑社會，而是因為正義無法得到伸張，所以才自己來伸張。這一招是很高明的，一方面給自己的黑道生意從道德上解了圍；另一方面，也等於是在向朝廷表明自己無意對抗朝廷，願意被招安。達到個人目的，成功轉型後，宋江就露出了兇殘的本性，對待江湖哥們比朝廷還朝廷。征討方臘時，那麼多英雄好漢，一個個都被他砍了腦袋，再也沒了一絲惺惺相惜，招納天下豪傑的氣概。

從心理學角度上看，「面黑身矮」的宋江一直是很自卑的，所以一再稱自己是「文面小吏」。為了證明自己的地位，他是不會永遠依靠聚集在自己身邊像李逵這樣的群氓無產者，這些平民百姓只能利用一時，而是需要號令更多的像柴進、盧俊義這樣的人物。

小吏出身的宋江，當然也不滿足草寇的生活方式，他需要建立法令制度，用外在的程式來強化自己的地位。但最有表演性、最能表現權威的地方自然是朝廷，除了到東京殺了皇帝之外，只有招安一途。宋江沒有黃袍加身的實力，只好選擇了投降現政府。

要說宋江對水滸、對江湖的作用，卻非其他眾位大俠能比得了。施耐庵把自己的人生理想、抱負，都寄託在了這個人身上，用了那麼多江湖好漢做鋪墊，來幫襯他、輔佐他，其目的就想透過他來實現知識份子治國平天下的夢想。

施耐庵能如此全面生動地描寫平民百姓的江湖盛況，在文人中還是第一次。從此，平民百姓有了自己的心靈寄託，有了自己的理想世界。從起義到招安，我們又可以看出施耐庵對前途的迷茫和困惑，除了重返朝廷，他也無法為平民百姓指出一條康莊大道。

透過宋江，施耐庵一手締造了一個人人嚮往的理想江湖，又透過宋江之手，親手毀掉了這個江湖。這起碼提示了我：在一個皇權至上，朝廷與江湖、權貴與庶民兩極分化的國度，平民百姓要想找到自己的出路，造反不行，不造反也不行，進而陷入了一個深深的悖論。

江湖是一個人的江湖，只適合單打獨鬥，只能做一個獨行俠。只要聚義，大俠註定要蛻變成大蝦，逃脫不了任人宰割的命運，進而成為朝廷之上一味美妙的大餐。

玉麒麟盧俊義
轉崗還是提拔？

歷數《水滸傳》裡的幾個代表人物，盧俊義是個另類。無論是他的氣質、為人，還是上了梁山後的表現，總感覺與梁山氣氛格格不入。其實，這怪不得盧俊義，本來他就不是這路人，心裡也沒這個打算，硬生生地被拉到梁山上來，當個招牌、擺設，你說人家打心眼裡能死心塌地服從梁山的大義鴻圖嗎？拉來盧俊義，只不過增加了梁山一百零八位大俠的花色品種，多了一類地主豪紳這樣的人物，顯示了江湖豪俠的有教無類，使其更具有代表性和廣泛性。

相較梁山其他頭面人物，盧俊義也是民間百姓八卦最少的一個，好像平民百姓對他並不是太感興趣。深究這個人的來龍去脈，你不難發現，施耐庵設置盧俊義這樣一個人物，不外乎是為了使梁山好漢們看上去更完美、更全面、更光彩一些罷了。

單從盧俊義這名字，就能看出三五分來，俊義俊義，也就是要個漂亮好看的起義和忠義。無論是早年晁蓋的聚義廳還是後來宋江的忠義堂，都少不了一個「義」字，義字當頭，它是江湖的靈魂，也是水泊梁山的靈魂。做為一個團隊，沒有靈魂不行，沒有靈魂就沒有凝聚力和戰鬥力，就不能名正言順地行走江湖，號令天下。身為一個戰略家，宋江當然知道其中的利害關係，他深知，自己的團隊缺少什麼，需要什麼，所以他尋思來、掂量去，最後看中了盧俊義。於是派出智多星吳用前去遊說，吳用費了好大的口舌，終於將他矇騙上山，使梁山團隊的人員結構，看上去更合理、更全面、更完善。

在梁山最高領導層裡，宋江的武功稀鬆平常，制訂戰略方針還行，衝鋒陷陣就差遠了，因此缺少一個像模像樣的武將之首。如果從已經歸順梁山的眾將領裡提拔，確實難找一位將帥之才，最為關鍵的是，無論選誰，都難以服眾，搞不好會引發內亂。因此，從外部空降一個這樣的人物做副統帥，百利而無一害，何樂而不為呢？

盧俊義之所以能入宋江的法眼，源於他自身所具備的條件：第一，有一身好武功，「河北三絕」並非浪得虛名。第二，外表俊朗，長了一個拿得出手的好模樣，可以克服梁山領導層形象不佳的缺陷。第三，好歹是一個社會名流，有一定的社會影響力。第四，祖上雖無當官人員，但為人清白，名聲不錯，容易被平民百姓們接受和認可。第五，也是最重要一點，盧俊義號稱員外，生於富貴之家，過慣了貴族生活，讓他做副手，容易接受招安思想，有利於實施招安大計。

自從盧俊義上了梁山，結果也證明宋江決策的正確性。他究竟給宋江帶來了什麼好處呢？充實了領導層這一條就不用說了，最大的好處是兌現了晁蓋關於接班人的遺囑，使宋江名正言順地當上了梁山的第一把交椅。雖然宋江弄了個噱頭，讓盧俊義活捉史文恭，但不過是為了試一下自己在梁山好漢中究竟有多麼大的影響力，根本沒有把盧俊義放在眼裡，可謂一箭雙鵰，既獲得了權力的合法性，又鞏固了自己的地位。

《水滸傳》裡，盧俊義是讓宋江害得最狠、最冤枉的一個，被弄得妻離子散，最後只好流竄江湖，當了一個土匪草寇。具有諷刺意味的是，吳用寫藏頭詩讓盧俊義家破人亡甚至差點喪命的圈套，在宋江和吳用等人看來卻是理所應當的。而黃文炳出於自己對朝廷的忠心向朝廷舉報宋江的反詩卻是十惡不赦的小人行為。這樣的雙重標準恐怕是完全泯滅了正常的是非觀念。

盧俊義一步一步踏入宋江給他佈下的套兒，直到最後也沒有弄明白，自己只不過是政治遺囑的犧牲品。宋江的厚黑手段，在盧俊義身上施展得淋漓盡致，手法之毒辣，早已背離了江湖人士的俠義之道。

首先，誆騙盧俊義上梁山，坐實了私通賊寇，謀逆造反的罪名。接著，鼓動其管家勾引其老婆，霸佔他的家產，並唆使兩人去官府檢舉揭發盧俊義，令他鋃鐺入獄。這時，梁山好漢們及時出現，劫法場殺官軍，救他於水火，替他報仇雪恨，使他感激涕零，認為這些人真夠朋友，真講義氣，於是心服口服地跟著上了梁山。

盧俊義哪裡知道，這一切不過是宋江為了搬掉晁蓋遺囑的絆腳石，而讓自己用身家性命為代價，成為他人利用的一塊招牌而已。從盧俊義這件事上，可以看出宋江所謂的江湖，不過是欺世盜名，實現個人目的的工具罷了，根本不是劫富濟貧，為天下平民百姓謀取利益的場所。

其實盧俊義這個人雖然武功高強，但軍事領導才能卻非常一般，將這樣一個人做為參照物，不過是為了更好地顯示出宋江的領導才幹罷了，其裝飾效果遠遠大於實用效果。別的不說，征討方臘時，盧俊義與宋江兵分兩路，各自帶領手下捉對廝殺，失敗紀錄大多是他創下的，治軍不嚴，是他最大的毛病。最典型的失敗就是董平和張清不聽號令，私自帶兵尋仇，最後被殺。

施耐庵將盧俊義這樣的人物塞進一百零八位大俠裡面，其真實用意何在呢？僅僅是為了讓宋江更牢穩地坐上梁山第一把交椅嗎？好像說服力不那麼充分。如果是為了讓一百零八人的團隊人物門類更加齊全，裝裝門面，好像也說不過去。我分析來分析去，感覺是施耐庵想告訴我們一個道理，那就是地主老財們，雖然沒有貪官污吏們那麼可惡，可以當作被爭取的一股力量，但還是靠不住的，萬不可委以重任。

從計算盧俊義上梁山開始，水泊梁山已開始變質，由平民百姓人人嚮往的江湖，寄希望於殺盡天下貪官污吏，剷除人間所有不平，還給他們一個清平世界的江湖，蛻變為謀求一己私利，為虎作倀的統治工具。同時也從側面折射出，平民百姓除了自己拯救自己，沒有任何江湖是靠得住的，所謂的江湖，不過是一廂情願的癡心妄想罷了。

江湖成全了盧俊義，也使盧俊義這個人物，淪為了江湖最大的冤大頭。

本色表演最
出彩
樑上君子
就不是君子？

第二章

我的江湖

——不想當元帥的裁縫不是好廚子

武松打虎
老虎不發威，你當我是病貓

《水滸傳》裡精彩場面不斷，而武松打虎，可以算是最為經典的一幕了。如果放在今天，老虎當然打不得了，好歹也是瀕臨滅絕物種，保護還保不住幾隻，怎麼還能讓人隨便去打呢？看來老虎比武松都珍貴了。

在武松和老虎這場對決中，最後老虎要敗，武松佔了上風。武松為什麼能贏了老虎呢？如果按書中的描寫來看，我有些信以為真，可是闔上書本後深思，我就有點不信了。一個人赤手空拳，在毫無準備，失去武器的情況下，用拳頭硬生生打死一隻大老虎，怎麼說也讓我難以置信。但既然施耐庵這樣寫了，那我們就假裝信一次吧。其實，細讀《水滸傳》，武松打死老虎這事，真假已不重要，重要的是施耐庵為什麼要讓武松打虎，這樣寫有什麼好處呢？

武松打虎，對於整個江湖來說，意義非同凡響，施耐庵要草創一個江湖，必然要為江湖制訂一個標準。要想成為一個江湖中人，首先要有膽，一個膽小如鼠的人，怎麼行走江湖？所以，練膽成了江湖必修的第一課。如何才能練膽呢？捉鬼肯定是胡扯，沒人信，殺人也不算什麼，畢竟一個會武功的人，殺幾個普通人，小菜一碟，實在算不上什麼本事。而殺一隻老虎就不同了，從古到今，真正能赤手空拳打死老虎的人不多，就是李小龍再世，要在毫無防備的情況下，用拳頭打死一隻兇猛的老虎，也未必能做得到。

而武松一出場，就打死了一隻大老虎，這是何種的氣魄和膽量，與魯智深出場時，三拳打死鎮關西，有異曲同工之妙。兩個最具代表性的江湖人物，都是以英雄的氣概亮相，一下子就把江湖人物應該具有的特質展現在人們面前，這也給人們制訂了一個江湖人物應該具備的標準：膽略和豪氣。如果你要行走江湖，不妨對照一下，你具備這些基本素質嗎？如果沒有，趁早bye bye，也別去瞎湊那個熱鬧，淌江湖那道渾水了。

武松打虎之前，心理是脆弱的，充滿了自卑的。為什麼這麼說呢？從武松把人栽暈在地，嚇得逃跑，我們就能看出武松心理的脆弱，而上山打虎，完全是出於自卑而表現的自傲，逆反心理促使他不能後退。真正見了老虎，武松還是嚇出一身冷汗，那時已是逃不掉、躲不及的關口了，除了與老虎死拼，沒有絲毫退路，只能硬著頭皮上了。

打虎的過程可謂驚心動魄，手裡攥著的哨棒由於用力過猛，打在樹幹上折斷，於是節節落敗，直到跳到了老虎的背上，打瞎了老虎的眼睛，才算開始佔上風。最後一頓暴揍，終於把老虎揍到死了。老虎都一命嗚呼了，武松還是不敢相信，害怕得要命，又補上了幾拳，確認真的玩完了，才癱在地上喘了一會氣。

打死了老虎，武松就過了心理這道關，膽子大了，下手也狠了，打架鬥毆，就成了稀鬆平常的事。而且這一仗，使武松威名遠播，徒增幾分豪氣，令對手聞之膽寒，首先在氣勢上就輸了幾分，為他後來真正玩起殺人遊戲，奠定了堅實的心理基礎。

武松打虎，對於水泊梁山來說，意義重大。試想，就梁山這一百零八位大俠組成的烏合之眾，真正氣勢恢宏、氣吞山河的品牌人物並沒有幾個，除了他武松，魯智深算一個，林沖算一個，李逵算一個，燕青算一個，花榮算一個，再往下數，就到了阮氏兄弟、九紋龍史進和賣人肉包子的孫二娘了。其他人物，雖各懷絕技，但從江湖角度去看，氣勢上都輸了一大截。從行走江湖的標準上說，缺乏一種捨我其誰，老子天下第一，不怕掉腦袋，敢於直面死亡的膽略和氣魄。所以，武松打虎可以說是梁山好漢的第一招牌，給了試圖冒犯梁山的各路官兵，一個心理上的下馬威。

在《水滸傳》裡，人虎大戰，一共有兩處，除了武松打虎，還有黑旋風沂嶺殺四虎的那一段。李逵殺虎與武松打虎全然不同，李逵是懷著失母之痛，抱著刻骨仇恨，有準備地獵殺，手起刀落，速戰速決，很快殺了老虎一家四口。但與武松和老虎的對決相比，無論氣勢和難易指數上，都有很大的區別。故而老百姓對武松打虎的仰慕讚嘆之情，要遠遠大於對李逵誅殺四虎的讚賞。

所以要我看，武松打虎並非真正打死了自然之虎，打死的只是心理上的「虎」。克服了心理障礙，戰勝了自我，心智逐漸走向了成熟，這本身就具有非常重要的象徵意義。無論是對於武松來說，還是對於其他一百零七位大俠來說，過了心理這一關，才真正成熟起來，最終成為能夠行走於江湖，敢於行俠仗義的英雄好漢。

民間關於武松打虎的八卦，數不勝數，很多故事都賦予了近乎神話的色彩。其實，平民百姓們眼裡的武松打虎，其虎早已經演繹為「苛政猛於虎」的「虎」，寄希望於武松再世，消除人間的不平。這想法也不無道理，施耐庵之所以很早就安排武松以打虎的方式登場亮相，也是昭告天下，梁山好漢們就是為了除暴安良，為天下平民百姓抱打不平的。這是他們的使命，也是他們行走江湖、聚義起事的意義所在。

武松打虎，打出了江湖人的膽氣。這就為後來梁山眾大俠的出場定下了調子，發揮了一個標杆的作用。施耐庵設置這一情節，可謂煞費苦心。這一情節應該說是梁山好漢們登場亮相的最高潮，到了這一節，梁山好漢們博得了來自平民百姓最熱烈的掌聲，使他們的所作所為，獲得了平民百姓的認可和支持，為梁山聚義做好了充分的鋪墊。

如果沒有武松打虎這一節，那麼武松的英雄形象就會大打折扣，會讓人們覺得他就是一個愛玩殺人遊戲、殺人不眨眼的魔王，全然沒有了那種威風凜凜的英雄氣概，沒有了可敬可愛的鮮活勁頭。

所以，武松打虎，打的不是老虎，而是壓在平民百姓心頭的一切醜惡勢力，其精神的慰藉遠勝於打死幾隻老虎的壯舉。

燕青打擂
打架靠技巧也要動腦子

宋朝的體育運動還較為發達，會點武術拳腳的人，會經常參加各種打擂比賽活動，一來為了檢驗一下自己的訓練水準，二來也為混點銀子花花。宋代的擂臺賽多數是挑戰賽，也是有大筆獎金的，與現在的摔跤和拳擊賽有些類似，不同的是不分級別，不像現在根據體重分什麼公斤級，不管高矮胖瘦，你只要願意比試，就可以走上擂臺。贏了拿走獎金，輸了滾蛋下臺，如果不慎丟了小命，自認倒楣，沒誰給付賠償金。比賽的方式，往往有一個自認為天下無敵的高手，擺下擂臺，自當擂主，邀請各路好漢輪番上臺對決，只要有一人能把擂主打趴下，打擂就算結束。浪子燕青小哥，參加的就是這種挑戰賽。

古泰山腳下的東嶽廟會，每年舉辦一次，是大江南北著名的熱鬧去處，比現在的交易博覽會還要熱鬧熱門幾分，天南地北的商人遊客雲集於此，參觀遊玩，買賣貨物，自有一番熱鬧可看。這樣的盛會，往往也是練武之人揚名立萬的好機會，一戰成名，再也沒有比這更合適的場合了。

狂傲無比的任原，就是抓住了這樣的機會，在東嶽廟會上擺下了擂臺，自稱什麼「世間駕海擎天柱，嶽下降魔斬將人」，一再叫囂天下好漢有誰敢和他爭奪獎金，氣焰之囂張，幾無人能比。

任原設擂對決天下英雄這事，燕青早有耳聞，他找到機會把這件事彙報給宋江，要求參賽。起初宋江沒當回事，認為任原人高馬大，燕青不是對手，後來燕青透過分析自己和對手的優缺點，認為自己有把握贏過任原，就積極說服宋江，允許他參賽。

宋江思量再三，覺得這是宣傳水泊梁山的絕佳機會，於是借勢造勢，來壯大梁山在江湖上的聲勢。畢竟，水泊梁山剛剛排完座次不久，還沒有在父老鄉親面前亮過相，應該做一件漂亮事情。以此來揚一揚梁山好漢們的威名，鞏固水泊梁山在當地平民百姓心中的地位，最大限度地獲得他們的支援，站穩腳跟，謀求發展。考慮到這些，宋江答應了燕青的請戰，並同意李逵陪同燕青一起前往。

燕青這人不僅相撲練的好，水準高，而且腦袋瓜靈活，他面對人高馬大、膀大腰圓的任原，並沒有魯莽行事，而是在臺下觀看了任原頭兩輪的比賽，仔細觀察研究他的特點，找到他的弱點，制訂好戰術，做好充分的準備後，才上臺應戰。

因為決鬥不僅鬥的是力氣，還鬥的是心眼和技巧。看到身材瘦小的燕青，任原當然不把他放在眼裡，狂傲輕敵，首先就讓任原輸了三分。對決開始，燕青充分發揮自己身材瘦小、機動靈活的特點，根本不讓任原近身，晃來轉去，直到把任原晃暈了，露出破綻了，才一個上前，抓住機會把他舉起扔到了臺下。任原和燕青的對決，就這樣以燕青大獲全勝宣告結束。

燕青小哥的名號、出身、來歷也是頗有講究的。名燕青，燕地的青年才俊，也暗指那一身漂亮的刺青，身輕如燕，身手敏捷。綽號浪子，揭示他的孤兒身分，浪跡天涯，四海為家。他從小就被盧俊義收留，跟著盧俊義習武練拳，精通相撲，是個大賽型選手，每逢比賽，就會發揮的格外出色。他的另一項本事就是小帥哥一個，而且場面上拿得起放得下，吹拉彈唱樣樣精通，什麼唱個卡拉OK，跳個交際舞，搓個麻將、賭個梭哈之類樣樣都是行家裡手。這次東嶽廟會智勝擎天柱任原，把相撲的功夫發揮到了極致，一戰成名，奠定了他在梁山好漢和江湖中的地位。

施耐庵，濃墨重彩描述燕青打擂這一細節，除了豐富水滸人物形象外，還向平民百姓們展示了江湖好漢們的另一面，打仗在行，比賽也在行，水準高，武德好，不似任原那般齷齪人物，打不過就下黑手、使絆子。

燕青可以說是梁山一百零八位大俠的形象代言人，這一次打擂，正巧是梁山好漢排座次後第一次登臺亮相，展示出了梁山好漢們的精神風采，與魯智深三拳打死鎮關西，武松景陽崗打虎，遙相呼應，相得益彰，可以算梁山好漢裡面登峰造極的個人版表演秀。

燕青的這一次對決，使梁山好漢們再一次信心滿載，士氣空前高漲，平民百姓們再一次受到鼓舞，紛紛來投，梁山一時兵強馬壯，戰鬥力大大增強。同時，也許是施耐庵的故意安排，也讓方臘的手下前來打擂，結果被任原打了個仰八叉，很沒面子，而燕青上臺，三下五除二，就把任原掀翻在地，令方臘手下人佩服得五體投地。這就為後來宋江率軍攻打方臘，取得了心理上的優勢，也埋下了方臘必敗的伏筆。

民間百姓們關於燕青的八卦，除了這次打擂，更津津樂道的莫過於他幽會李師師那一段風流韻事。自古英雄愛美人，燕青能臨近上李師師這個東京最大的娛樂公司的花魁和汴梁歌舞團最紅的歌星，也可以看出燕青做為天下第一帥哥的魅力。當然，燕青小哥幽會李師師可不是為了泡妞，而是肩負著重大使命，將宋江招安的心思透過走皇帝的「小妾」路線上達天聽。可見以宋江為首的梁山大俠們，沒有不敢做的交際。想泡李師師，只能用美男計，這個重任，梁山一百零八個大俠，還真非燕青莫屬。

燕青不僅長得帥，還通音律，解風情，沒有哪個女子不會被他迷倒，何況李師師這樣的明星，風月場上的高手。可以說，燕青一出馬，就牢牢地俘獲了李師師的心，使她心甘情願為梁山說好話、討便宜，最終促成梁山招安大業。

梁山一百零八個大俠，多為孔武有力的粗人，對待女人，要嘛如宋江冷酷無情，要嘛如武松恭敬有加，要嘛如王英貪戀美色，真要找出對女人愛憐呵護，溫柔浪漫的男士，還真難覓其人。好不容易出了燕青這麼個騎白馬的王子，施耐庵再不加以鋪陳渲染，那也太對不起平民百姓們的殷切期待了。所以說，燕青打擂，打出了梁山好漢們風流倜儻、瀟灑迷人的男人另一面。

時遷偷甲

樑上君子就不是君子？

水泊梁山裡，鼓上蚤時遷這個慣偷還是蠻有趣的，人機靈，有個性，還有一流的偷盜技術。他這個人偷盜成癮，走到哪兒偷到那兒，好像沒有什麼是他不能偷的，也沒有哪地方是他不敢去偷的。最經典的案例有兩個，一個是偷金槍手徐寧的傳家寶雁翎甲，一個是火燒翠雲樓。這個在一百零八位大俠裡排名倒數第二的盜賊慣犯，能夠有這麼多表現自己才藝的機會，可見人不可貌相，海水不能斗量。

梁山團隊的交際能力，再加上時遷的三隻手水準，結合在一塊，那真是珠聯璧合，天衣找不到細縫。其精彩程度、成功率，時至今日尚無人能及。本來，徐寧當公務員當的好好的，沒招誰沒惹誰，不就是家有一寶，祖傳的，不是偷來搶來的，難道也犯法嗎？怎麼就讓梁山這夥大俠們給盯上了呢？

俗話說，不怕賊偷，就怕賊惦記。論起來，也不怪人家梁山惦記，誰讓徐寧有一拿手絕活——擅使鉤鐮槍，專剋呼延灼的連環馬呢？你可知道那時水泊梁山的眾位大俠，在高唐州外被呼延大將軍的連環馬打得腦門出血，焦頭爛額，如熱鍋上亂竄的螞蟻。所以不偷徐寧的祖傳寶貝，能把徐寧矇騙到梁山嗎？不把徐寧矇騙到梁山，徐寧能教給梁山眾將士使用鉤鐮槍嗎？不教給梁上眾將士使用鉤鐮槍，他們怎能打倒呼延大將軍，殺出重圍呢？這樣一路看下來，時遷這偷徐寧的雁翎甲就順理成章了。家有一寶，就是一禍，還是常言說的好。

偷徐寧祖傳的寶貝雁翎甲，宋江和吳用是經過周密計畫和仔細安排的，時遷只是執行者，但他充分發揮了自己的主觀能動性和創新能力。在摸到徐寧家裡後，發現徐寧甲不離身，就玩起了潛伏，爬到徐寧家臥室的房樑上，趁徐寧夫婦入夢後，從房樑上放下鉤子，勾走了徐寧抱在懷裡的雁翎甲。偷竊成功，一路把徐寧騙到了梁山好漢的宿營地，接著，又把徐寧的老婆孩子也接來了，徹底絕了他的後路。這個時候，徐寧上梁山也得上，不上也得上，反正無法再回到他的公務員崗位了。

說起火燒翠雲樓那一回，施耐庵著墨不多，描畫的也不精彩，只是突出了時遷主動請纓。這次行動，看得出時遷的責任心還挺強，知道可以發揮自己穿牆越戶的特長，使出自己樑上君子的本事，幹一次殺人放火的勾當，為梁山再立點功勞。從結果來看，做的還算漂亮，按時完成了任務。

時遷之所以討人喜歡，不只是因為他像跳蚤一樣活潑好動，妙手空空，還在於他是一個搞笑大師，人長得醜不是他的錯，出來逗樂子，也太會利用自己的資源了。就算困在祝家莊的木籠子裡，如同一隻滑稽的猴子，他也忍不住要幽上一默，利用縮骨功，逃出來逗樂取笑。偷徐寧的雁翎甲時，他趴在房樑上偷窺人家小倆口睡覺不說，還偷啃人家的燒雞，全然不把徐寧放在眼裡。

其實時遷還挺講究的，正所謂盜亦有道，並非見什麼偷什麼，一般普通平民百姓，你讓他偷他都不偷，這一點很有江湖大俠風範。偷富濟貧，替平民百姓解恨，這大概是施耐庵一再表彰他的緣故吧。

梁山一百零八位大俠，各有所長，就連時遷這樣的樑上君子，偷盜技術也達到了爐火純青的地步，如果不上梁山，那基本是孤獨求敗了。施耐庵描繪了這樣一個雞鳴狗盜之徒，使其登堂入室，進入俠客榜和名人圈，大概是想告訴我們，英雄不問出處，只要你有一技之長，又肯行俠仗義，那你同樣可以成為響噹噹的江湖人物，受到平民百姓的喜歡。

說起竊賊小偷，人們往往很難產生什麼好的印象，這些人無孔不入，防不勝防，無論你藏著掖著，搞得多麼神祕兮兮，只要被他們惦記上，早晚也會被搞掉。故而人人見了都會咬牙切齒，恨不得抓過來生吞活剝才算解氣。唯獨鼓上蚤時遷是個例外，在施耐庵筆下，小偷盜賊都在社會上混不下去了，逼上梁山成了行俠仗義的江湖人物，受到平民百姓的喜愛，可見世風日下到了什麼程度。

梁山好漢們大多不苟言笑，冷峻嚴肅，加進時遷這麼插科打諢的活寶，氣氛立刻就活躍了起來，就像潤滑劑，調節著眾好漢的情緒。這樣的人物，哪裡都少不了，也不能少，沒有他們，那些原本就緊張冷酷的生活，將變得更加乏味無聊了。

時遷是一個生活在水滸世界中「真實」的人，他為人膽小，相貌也頗為猥瑣，但真正讓讀者記住的卻是一個身手敏捷、有勇有謀的神偷形象。相比而言，小偷比強盜的地位更加低下，所以時遷的人生最高理想就是擺脫「偷兒」的罵名，依託在一群無所不為的強盜中實現人格昇華。

不可否認，無論是盜甲、火燒翠雲樓，還是攻打曾頭市、薊州和方臘，時遷都為梁山立下了汗馬功勞，可是他卻沒有享受過一天被世人正視的生活。在他活著的時候，沒有嚐過衣錦還鄉的滋味，即便在梁山內部，他也只不過是一個在需要的時候才被想起的小人物，他的地位，和叛徒白勝、盜馬賊段景住同列最後三席。因為在那些整天唱著替天行道高調的好漢眼中，小偷和叛徒始終都是可恥和不可信任的，哪怕他有再多的貢獻，下三濫永遠是下三濫。這個沉重的十字架，時遷也得背負一生，即便在梁山這個以犯罪為家常便飯的黑幫。時遷神偷的經歷告訴我們，千萬不要去做小偷小摸偷雞摸狗的事，否則一旦標記在身，哪怕你就是進了黑社會，就算貢獻再大還是最底層。

上海灘黑幫大佬杜月笙曾將黑幫比作夜壺，用的時候很順手，但用完之後又會覺得它髒。時遷就好比梁山的夜壺，當梁山需要他的時候，他就是兄弟之一，而用過之後始終還是上不了檯面，所以只能排在最後、甚至不如湊數的人。而時遷在梁山的地位，其實也襯出了梁山組織在白道高官們心目中的地位。再怎麼著，你還是黑社會。梁山難道不是大宋朝廷的夜壺嗎？

施耐庵要湊齊這五花八門、各具特色的一百零八位大俠，也真夠難為他的了。正所謂物以類聚，人以群分，湊上一百個識文斷字的文人騷客容易，湊上一百個揮槍弄棒的武夫也不是難事，唯獨各行各業都要湊一個拔尖人才，那可要費一番周折了。

從時遷名字來看，與眾好漢的名字一樣，施耐庵也是賦予重任，寓意深刻，絕不是心血來潮的即興之筆。時遷時遷，時過境遷，連小偷毛賊都被逼上了梁山，哪裡還有不反的良民，哪裡還有安居樂業的樂土呢？世界，早已淪為平民百姓心中的江湖，只有英雄好漢，才可以立世，才可以苟活。而鼓上的跳蚤，也興奮不了幾天，以此預示，梁山即將覆滅，江湖大俠們終將做鳥獸散。

安道全行醫
不信我治不了你

安道全，招安道上保安全，說的一點不假，要不是安道全治好了宋江背上的大瘡，救了他的小命，哪裡還有什麼招安投降一說。安道全是一個醫學天才，不管什麼病，只要他一出手，沒有不藥到病除，立竿見影的。要是放在當今社會，肯定又是一個專家級神醫，祖傳祕方，包治百病，頭疼醫腳，腳疼醫屁股，專治各類疑難雜症。

神醫安道全也是被騙到梁山上的，在此之前，梁山還真缺少開方把脈、會貼狗皮膏藥的大夫郎中，不知當時躲在山包水窪的梁山好漢們，有個頭疼腦熱、發燒咳嗽，都是怎麼挺過來的。

安道全上山，基本可以算是張順自學成才，即興發揮的傑作。按照宋江和張順的本意，不過是想請他臨時出診，治好宋江背上莫名的大瘡就可以，沒想到張順突然改變了主意，斷了安道全的退路，逼得他沒辦法，只好乖乖地從了張順，落腳梁山，成了一名道道地地的江湖郎中。

本來，安道全剛死了老婆不久，孤家寡人，正與一個小太妹巧奴打的火熱，誰想到半路冒出個愣頭愣腦的張順，狗皮膏藥黏屁股，抖摟不下來了。弄得小太妹巧奴一個不高興，這不是故意煞風景嗎？

尤其聽說安道全要去山東出診，來來回回要一月有餘，小太妹巧奴更是氣不過，於是她就不再給張順好臉色看了，晚上睡覺，藉故房子狹小住不開，要趕走張順。張順為老大治病心切，打死也不離開安道全半步，他怕安道全半夜裡推脫開溜，就堅決要求住下，即使住在門口走廊裡也行。

到了後半夜，張順在走廊裡翻來覆去睡不著，忽然發現有個人影鬼鬼祟祟閃了進來，與媽媽桑說了幾句悄悄話之後，就見媽媽桑喊來安道全那個相好的巧奴，一起進了媽媽桑的房間顛龍倒鳳去了。

張順左一拍腦門，右一摸下巴，突然想起，那個鬼鬼祟祟的人影，不就是搶了自己的銀子，把自己掀到江心裡，打劫自己的歹徒嗎？張順越想越氣，心下就琢磨，不剁了這人，無法出這口氣，於是，他就摸進廚房，隨手操了一把又鈍又鏽的菜刀，直奔媽媽桑的臥室。

可惜，剛砍了迎面碰上的媽媽桑，菜刀就卷刃豁口不能用了，等找到了一把斧頭，剁了安道全的相好巧奴和一個打雜的丫鬟，那個歹徒早破窗逃走了。

看著遍地的人肉，張順想起武松血濺鴛鴦樓，忽然來了靈感，何不趁機逼安道全上梁山，絕了他的退路呢？他為自己天才的點子激動不已，於是在牆上大書特書，「殺人者，安道全也。」然後，叫醒了安道全，拉他來欣賞自己的書法作品，安道全一看遍地的人肉，臉都嚇白了，沒辦法只好乖乖地跟著張順去了梁山。

至於安道全神醫給宋江治病一節，太過神乎其神了，本來宋江躺在床上，只有出氣沒有進氣的空檔，專門等牛頭馬面哥倆兒來領道。可是，安道全神醫那可是祖傳祕方，三貼膏藥沒貼完，再看宋江的背，大瘡不見了，連一個疤痕都沒有。緊接著，人也精神了，臉也放光了，煥發出了青春的活力。

自從下了水泊，上了梁山，安道全就成了江湖人物，成了道道地地的江湖郎中了。但他可不做那些雲遊四方，賣狗皮膏藥兼治不孕不育、疑難雜症的勾當，江湖人物，就要有江湖的作風，他從此端坐大堂，只當水泊梁山眾位大俠的私人醫生，不再輕易下山出診了。

有了專家級大夫，梁山好漢們的身體健康有了保障，剩下的就是擼胳膊挽袖子，一路狂奔了。

施耐庵讓宋江背生疔瘡，就是為了引出神醫安道全，除了為湊齊一百零八位大俠，讓梁山好漢門類齊全外，不知是否還有深意？

其實，不僅江湖人物少不了安道全，招安道上更少不了安道全，自從安道全上了梁山，很多好漢們的老病根、新病患都被醫好了，得以健健康康、安安全全地接受朝廷特派員的檢閱，接受正規軍的改編，體檢全部合格，沒有一個被除名的。

可是安道全只能在招安道上保安全，招安以後，他就搖身一變，成了皇帝的御醫，遠遠離開了梁山眾兄弟。由此可見，醫生這一職業，可能是最沒階級性的了。成了名醫，百姓也做得，強盜也做得，大官也做得，真令人羡煞！攻打方臘時，沒了安道全隨軍行醫，結果很多受傷患病的兄弟得不到即時搶救而殞命沙場。

安道全神醫在《水滸傳》中，像一段傳說，一個神話，飄忽不定，琢磨不透，有道理又好像沒道理。首先，宋江背上的大瘡就來得不明不白；其次，晁蓋托夢給他要有江南的吉人相助；再次，張順挺身而出；最後，招安後安道全就消失了。他的使命很像為了完成對宋江的責罰，你想，晁蓋做為龍頭老大，中了毒箭都沒有哥們出面去請神醫治療，難道真都沒了哥們義氣？那可是梁山之魂，江湖之魂。而晁蓋晁的托夢，顯然有悖常理。所以安道全的出現，略顯尷尬，有著我們不可知的寓意。

我在讀野史的時候，曾看到有人爆料，施耐庵在寫到晁蓋中箭而死時，曾心生愧疚，掉了幾坨眼淚，感覺對不住這樣一個好哥們。所以後來寫到宋江攻打大名府時，暗暗折磨了他一下，以求心理平衡。真假與否，就非我們這些販夫走卒所能分辨得清的了。

白勝賣酒
本色表演最出彩

白勝不白剩，他是演藝界一頂一的高手。那表演可真是到位，恐怕很多當紅的影星，面對白勝兄弟的演技，也要低下翻白眼的頭，自愧弗如了。梁山大俠們組團交際的次數數不勝數，大多數的策劃和導演都是吳用。智取生辰綱是吳用的處女秀，透過這次表演，捧紅了特型演員白勝兄弟，使他成為了江湖大舞臺上不可缺少的角色。

在智取生辰綱這一事件中，白勝與晁蓋眾人配合的非常有默契，輕鬆地騙過了楊志和他的挑夫隊，使得生辰綱順利得手。他友情客串了一回黃泥崗上的一齣好戲，演得十分精彩，想來他本是這類閒漢，出演這賣酒的漢子可以說是本色演員。但以後再沒有什麼表現了，而且後來吃了官司，還供出了晁蓋等人。按標準，這是十足的叛徒行為，最終使他成了梁山上「有他不多，沒他不少」的人。

江湖上，像白勝兄弟這樣的小混混，滿街都是，跟著蹭飯混酒，打架鬥毆時捧個場子，吆喝吆喝，壯壯聲勢，別的本事就沒了。就連花拳繡腿，三腳貓功夫，也不會幾招，平民百姓們一般都叫他們吃白食兒的。

這樣的小混混，怎麼也能進入一百零八位大俠排行榜呢？原因主要有以下幾個方面：第一，他是個閒人，代表了江湖眾多小混混，這樣就增強了梁山好漢們代表的廣泛性，各階層、各集團的人都有，更有說服力和可信度。第二，他又是梁山好漢裡軟骨頭的代表，這更有代表意義，說明梁山好漢並非個個都是硬骨頭。第三，他演技超群，在矇騙楊志、劫取生辰綱時立有大功。但實際上，白勝兄弟雖然立有奇功，在梁山的地位卻非常低下，與小偷時遷、盜馬賊段景柱三人排列倒數前三名，如果梁山好漢排行榜要像足球聯賽一樣實行升降級的話，那他們三人，毫無疑問，不知要降級多少次，早被開除一百零八行列了。

讀者都知道，老鼠、跳蚤、狗，是和人類生活離得最近，關係最密切的動物。在梁山一百零八位大俠中，充滿了豺狼虎豹，大多都是凶禽猛獸，是人類的對手和敵人，唯獨這三個人的綽號——白日鼠、鼓上蚤、錦毛犬，就顯得稀鬆平常，甚至有些不把人當回事了。雖然前面的定語都還算華麗和漂亮，但稱作老鼠、跳蚤、犬，還是充滿了貶義。人們往往對敵人和對手充滿敬意和尊重，卻鄙視貶低身邊的夥伴和朋友，這種現象在梁山好漢們眼裡同樣發生著，他們同樣也不能免俗，這大概就是人們常說的人的劣根性吧。

要說論功行賞的話，其實這三個人物，都還算對梁山貢獻不小，白勝不用說了，是智取生辰綱重要的角色；時遷是偷盜雁翎甲、火燒翠雲樓的領銜主演；大家不太熟悉的盜馬賊段景柱，也為梁山的軍馬配備，流下了不少汗水，而且在與曾頭市結下樑子，葬送晁蓋的性命，最後讓宋江成功奪權的事件中，段景柱這條金毛犬發揮了一定的作用。可是三人雖有功勞，但排名卻在很多碌碌無為、濫竽充數的大俠們之後，充當墊底陪襯的角色，這也反映了平民百姓們人生價值評判體系的標準和取向。

俗話說的好，老鼠過街，人人喊打。老鼠本來是小心謹慎，膽小怕事的主兒，白天是不敢上街，只能趁著夜黑風高，出來尋點食物，填飽肚子。人們之所以對牠咬牙切齒，欲滅之而後快，不外乎牠從人嘴裡搶食。民以食為天，本來就很窮的平民百姓口糧就不多，你再用非法手段來分一杯羹，不打你還要打誰？再看看這位白勝兄，老鼠就老鼠，還是白日鼠，光天化日之下就出來活動，大搖大擺地搶奪人們口中食，要是瞧得起他，那才是咄咄怪事。

凡是小混混，一般都好吃懶做，一身惡習，白勝如果生在當今社會，大概是吃喝嫖賭抽五毒俱全。可惜在大宋年間，洋鬼子們還沒有輸送進來毒品，所以白勝其他四毒是一個沒有少。吃喝嫖就不用說了，最突出的一點，就是賭，不說年年賭，月月賭，那也是小賭三六九，大賭二五八。他是一個捨身不要命的賭徒，如果沒有他的賭，晁蓋等人就不會被捕快追捕，也不會導致宋江為救人而殺人。正是因為他的賭，才成就了梁山，成全了江湖。

賭博對家庭和社會的破壞力最大，因為賭的傾家蕩產而打劫綁票，殺人越貨，是常有的事情。所以平民百姓們討厭白勝，鄙視白勝，把他排在梁山一百零八位大俠的末尾，已經算很給他面子了。更何況他還是個軟骨頭，出賣了一同作案的哥們朋友。

我讀《水滸傳》，對白勝賣酒的情節倒不是多麼在意，最讓我在意的是他的情懷，他出場時唱的那首歌，「赤日炎炎似火燒，野田禾稻半枯焦。農夫心內如湯煮，公子王孫把扇搖。」一下子抓住了我的心。說實在的，就憑這首歌，就算白勝有萬千不是，也難讓我不喜歡他，他唱出了平民百姓們的疾苦，唱出了社會的黑暗與醜惡，算得上《水滸傳》的點睛之筆，精華所在。為後來眾好漢一個個走投無路，被逼上梁山，交代了背景，埋下了伏筆。

施耐庵對梁山好漢們的人事安排，除了論功行賞，以德取人外，還帶有一點寓言的味道。白日鼠白勝，安排在一百零八位大俠的末尾，好像告訴人們，梁山好漢就像大白天竄上大街的老鼠，雖然打家劫舍，殺富濟貧，除暴安良，取得一個又一個勝利，但到頭來勝了也白勝，像鼓上的跳蚤，只是最後的狂歡，時過境遷，如同一隻長著漂亮皮毛的狗一樣，斷頭在景色秀美的皇家樑柱上。江湖風光雖好，畢竟曇花一現，平民百姓們心中的江湖，永遠只是一個白日的夢想。

蕭讓偽書 仿冒沒商量

以晁蓋挑頭，吳用擔綱的公關集團，也有敗露失手的時候，常言道，百密一疏，馬失前蹄，再嚴謹的高手都有失誤的可能，看來這道理擱誰身上都一樣。在吳用自認為最得意，卻又最失敗的偽造蔡太師家書的家書門事件中，蕭讓和金大堅被推向了前臺。

這次事件中，蕭讓和金大堅各自露了一手絕活，蕭讓的蔡體毛筆字，金大堅雕刻的蔡太師圖章，完全可以以假亂真。可是錯就錯在了吳用自作聰明的排列組合上，一封家書，無非老子兒子家長裡短，有事話長，無事話短，又不是書法大展，蓋上個閒章，圖個好看漂亮，讓外人欣賞拜讀。家書還蓋上大印，那不是多此一舉嗎？吳用這一招聰明過了頭，差一點斷送了宋江的性命，多虧他醒悟的快，即時採取補救措施，進行了危機處理，這才有了江州劫法場這事。最終救出了宋江的性命，保住梁山的未來。

孔孟之鄉，文化氛圍一直比較濃厚，大凡識文斷字的老少爺們，都能劃上幾畫，寫上幾筆，像蕭讓、金大堅這樣的書法篆刻名流，在當時的濟州府，一定有很多。吳用也算是個知識份子，認識幾個文化名流，也是意料當中的事。正是吳用的包裝，才讓這兩位藝術家一夜走紅，成了江湖上最有代表性的藝術家土匪，歪打正著，反正怎麼成名都是成名，有名總比沒名強。

古代雅士名流，寫一手好字是基本功，書法不僅是藝術，更重要的是實用工具，字寫的不好看，參加科舉考試想過關，連門兒也沒有。文章寫的再好，字寫的不好，也是瞎子點燈白費蠟，所以兒童從上學第一天開始，就要手握一根大大的毛筆，描紅寫大字。要想練好書法，描紅和臨帖是兩個主要手段，小孩子年齡小，臨帖（也就是模仿）能力差，所以就從描紅開始，描紅就是比著葫蘆描葫蘆，把薄薄的宣紙，用紅線打上格子，覆蓋在教學字帖上，字帖上的字就能夠透過宣紙，看得一清二楚，學生們就比著描下來，這是書法練習的初級階段。

練到一定程度，掌握了正確的握筆運筆姿勢和方法，就進入第二階段——臨帖。臨帖就是臨摹，看著別人的字帖，比照葫蘆畫瓢，模仿的越像，說明進步越快。臨帖是書法練習最重要的手段，很多書法大家，一輩子都在臨帖，寫字的時候，再丟開別人的字，發揮自己的特長，進行一些創造。

聖手書生蕭讓就是臨帖的高手，按現在的說法就是模仿秀秀的好，不管誰寫的字，看過幾眼，就能原樣描畫出來。在當時，有四大著名的書法家，蘇東坡、黃庭堅、米芾和蔡京。蔡京就是這次蕭讓假冒的對象，當朝太師，大名府梁市長的老丈人，江州府蔡九市長的老爹。

此人不僅官當的大，而且字寫的好，是書法界的泰斗。這樣的大書法家，一定是天下文化人臨帖的對象，所以像蕭讓這樣的臨帖高手，能模仿蔡太師的字，並且唯妙唯肖，以假亂真，就再正常不過了。雖然這次矇騙梁中書敗露了，但蕭讓和金大堅這兩個藝術奇才，從此就成了水泊梁山一百零八位大俠中的一員。

騙蕭讓和金大堅上梁山，吳用早有預謀，看來他這個人野心不小，在為將來擴大規模，執掌政權打基礎。有了蕭讓，題個匾額，製個錦旗，發個佈告，下個通知，不用找外人；有了金大堅，刻個公章，雕個印信，立個石碑牌坊，也用不著求人了。吳用想的周到，做的細緻，也不愧「智多星」的稱號。

除了這些實際的工作需求，我想吳用請兩位藝術奇才上山，可能還有另一層意思，那就是精神文化需求。文人多寂寞，吳用做為一個知識份子，整日與一群舞槍弄棒的赳赳武夫們廝混一起，不免有空虛寂寞之感，藉故把兩位藝術家弄上山，無聊煩悶時，正好可以聊聊文學書法，也未嘗不是一件風流雅事。

施耐庵也可能感覺到梁山好漢們粗獷有餘，而儒雅之氣不足，所以不時弄幾個藝術家進入革命隊伍。一來，增加好漢們覆蓋的門類，顯得全面廣泛，更有代表性。二來，也不至於讓外人看來，那麼沒文化、沒修養。包括後來上梁山的「鐵叫子」樂和，大概都是這個意思。

仿冒蔡太師的家書，當然是個危險的事情，好在那時也沒什麼版權法，只要能矇騙得了別人，管他真假，只管仿冒就是，故而那時候的書法繪畫作品贗品很多，不過都沒有蕭讓這次仿冒的性質嚴重罷了，都不帶有政治目的，無非是混幾兩銀子花花。

聖手書生這個綽號好理解，對於蕭讓這個名字，我不知道施耐庵的用意是什麼。從字面上看，蕭讓，字音為「小讓」，字義為「蕭索、蕭條」、「忍讓、禮讓」，合在一起，可理解為「把蕭條讓出去」。細讀《水滸傳》，也確實有這麼點意思，自從蕭讓上了梁山，梁山真的就開始熱鬧起來了，江州劫法場、三打祝家莊、攻克高唐州、再打曾頭市，一幕接著一幕，一個高潮緊跟著一個高潮。為梁山帶來了如此欣欣向榮的大好局面，看來這個名字著實吉祥、吉利。怪不得施耐庵讓他的排名那麼前面，位居一百零八位大俠第四十六位，七十二地煞星中排名第十，不能不說施耐庵對他有所偏好。

一個仿冒起家的書法家，肯定入不得正統，但卻成了平民百姓們心中的江湖英雄，可見平民百姓們心中的藝術，更講究實惠和實用，不管你什麼名士大家，好看不中用，同樣沒戲。不僅如此，對朝廷而言，真正的人才也是那些有一技之長的人。

在《水滸傳》中，安道全在太醫院當了金紫醫官，皇甫端成了御馬監大使，金大堅在內府御寶監為官，蕭讓在蔡太師府中做門館先生，樂和在駙馬都尉府中盡老清閒。這五位幸福的梁山人，一個人醫，一個獸醫，一個寫字的，一個刻印的，一個唱歌的。相對於林沖、武松、李逵這些兇神惡煞，這五個人不但毫無威脅，而且大有益處。安道全妙手回春，可以做皇帝的保健大夫。那時候馬匹是第一交通工具，皇甫端這樣善於相馬、醫馬的伯樂自然不可或缺。愛好書畫篆刻的宋徽宗和蔡京見到金大堅和蕭讓能沒有知音之感嗎？著名的男歌星樂和在哪裡都會吃香，最後和高俅一樣，被駙馬爺收納可謂得其所在。

對於我們凡夫俗子來說，所謂的安邦之才都是扯淡，還是老老實實學點手藝最好。

戴宗送信

我是馬拉松冠軍

有時候閒著沒事坐在車裡，我常常琢磨分管江州監獄的戴宗，腿上到底安裝了什麼裝置，可以讓他能跑的那麼快。就是現在的汽車輪子，跑起來也不過如此，而且這四個輪子必須安裝到有發動機的車上才管用。《水滸傳》中，施耐庵說戴宗腿上拴了四個甲馬，不用猜，就是矇騙人的，拴四個甲馬還不如騎一匹快馬。甲馬，要我看直接叫假馬算了。

施耐庵為什麼要如此不近情理地賦予戴宗這麼大的一個虛假的神通呢？欺負平民百姓們沒文化，沒見過世面？還是故意製造點噱頭？要嘛曾經因為跑的慢耽誤過什麼事情，神經受了刺激，才弄出這麼個飛人，平衡一下心理？

當然，《水滸傳》裡玄玄乎乎，興風作浪，神通廣大的法術，比比皆是。這些大師們，多是出自道家弟子，戴宗玩的把戲好像也是道家那一套，燒符咒、拴甲馬，然後就日行八百，風聲四起了，還美其名曰神行法。那個年代，就是神仙大概也就是那個速度了。如果戴宗的神行法不失傳的話，我想今天的百米跑、萬米跑、馬拉松等各項賽跑，世界紀錄、奧運會紀錄，那不知會被提高多少倍，飛人的稱號，也不會落到博爾特的身上了。

仔細揣摩，戴宗這個人可能真的跑得很快，但肯定不會那麼誇張，別說日行八百，要是長途奔襲，日行八十就不錯了。而且那時候寶馬良駒有的是，騎上快馬不就什麼都有了，還用玩這些玄之又玄的假把戲？我琢磨來琢磨去，總覺得施耐庵這樣寫，是在神話梁山這些大俠們，增加江湖的神祕感。

從這一點也可以看出，施耐庵讓梁山大俠們會法術、有神通，多少暴露了他還是有些心虛，對他們闖江湖不夠自信，試圖藉助神祕的道教力量，讓神靈用法術助他們一臂之力，來與朝廷正統的敵對勢力進行抗衡。也難怪面對朝廷之上儒教強大的壓迫勢力，平民百姓們的江湖文化，顯然不足以與之抗衡，就算加上道教，兩股勢力二合一，也顯得勢單力薄。梁山孤懸水泊之中，不僅是武力的弱小，更是文化的單薄。這樣看來，戴宗能跑過官府的快馬，也是一種精神上的勝利，一種新興勢力快速前進的象徵。

戴宗起初在江州一個政府部門工作，蔡九市長是他的直接領導。他常常利用職務之便，索要監獄犯人的賄賂，在宋江發配到江州的監獄進行勞改後，宋江故意不給戴宗送禮，以此來引起戴宗的注意。宋江這麼做，是因為他心裡有數，他知道戴宗是吳用的好朋友，正好利用機會，拉上這層關係，以便讓戴宗照顧自己。

那個時代，人情要遠遠大於法律的，只要政府裡有人，走通了後門，或者哥們關係好，即使是在監獄，也完全能享受到優厚的待遇。宋江這個人畢竟在縣裡當過小官，對行賄受賄這一套輕車熟路，一到監獄，立刻甩出大把的銀子，收買、討好從看守到監獄長等所有工作人員。

這一招果然奏效，獄警們得到大把的銀子，覺得這個犯人會辦事，就特別喜歡他、照顧他，連正常的法律程序也不走了，直接免除了他的一百殺威棒，讓他在監獄裡過上了幸福的生活。

過了好多天，戴宗左等右等，也不見新入獄的宋江給他送禮，便有點沉不氣了，趁著去監獄視察工作的機會，就想敲打敲打宋江，給他個下馬威。當其他的獄警聽說戴宗要用棍棒狠揍宋江的時候，一個個都溜了，因為他們得了宋江的好處，不好意思下手。戴宗一看獄警都跑了，更加生氣，自己抄起棍棒就要揍打宋江，宋江抓住機會說出了吳用的名字，兩人立刻接上了頭，徑直到城裡的一個大酒店喝酒去了。

一個分管監獄的主管，與在押的犯人一起喝酒，可見那時候的司法有多麼腐敗。喝了這場酒，兩人就成了親兄弟般的好朋友，戴宗也藉機把黑旋風李逵介紹給宋江認識，這次簡單的約會，引出了梁山眾位大俠的出場，也直接造成了宋江在江州為所欲為，醉酒題反詩，梁山劫法場的後果，這是法律縱容犯罪的典型案例。

戴宗原本在司法部門工作，他加盟梁山集團，可以算是代表了法律界人士，他知法犯法，全然不把法律法規當回事，反映了梁山好漢、江湖大俠們對法律的蔑視，從這一點上可以看出，當時社會司法腐敗的程度，政府官吏對法律的踐踏，平民百姓們對法律不公的痛恨和反抗。

從戴宗的名字上說，他就是代表宗法制度的。按說，既然代表法律，他跑的飛快也就正常了，法律應該哪裡需要就出現在哪裡，這樣才能表現其公平公正，發揮應有的作用。由此我們隱隱約約就能感覺到施耐庵對法律公平的渴望。他安排戴宗上了梁山，一方面是對當時社會黑暗、法制不公的嘲諷；另一方面又說明宋江領導下的水泊梁山集團，也是非常注重法制建設的，江湖也是有法度的，而且只有他們，才能實現法度昌明，人人平等，建立一個公平公正的社會。

當然，這只是施耐庵的一厢情願。其實，就算宋江領導下的梁山集團最後執掌了政權，法制對他們來說，也同樣會淪為統治百姓的工具。

在吏制腐敗、司法黑暗的社會中，所謂的執法權到了具體的執法者手裡，便是由公權變成私人的資源。這種執法權是由個人支配的，不僅具有傷害能力，還可以產生經濟效益，比如犯人進入監獄後，必須交常例錢，否則就會吃皮肉之苦，甚至會像隻蒼蠅一樣被打死。

同時這種由個人掌握的執法權又會被拿來做人情，在戴宗、李逵、施恩等小吏眼裡，什麼制度、規矩、朝廷，都比不過銀子和所謂的義氣。在這種情形下，員警和罪犯的地位發生了滑稽般的倒置。從制度上說，戴宗等小吏代表的是法律，在宋江面前自然應該是高高在上和威風凜凜的。可是自古警匪一家，那時的執法人員，也大多棲身於兩種體系之內。明著說他們是朝廷當差的，暗裡卻是一群江湖中人，應該用「黑道」上的標準來衡量。

從戴宗在梁山一百零八位大俠裡的排名可以看出，雖然施耐庵對公平的法制社會充滿了嚮往，但法律在他心中的地位並不算很高，他並非想透過法制來達到天下大治，而是讓法制成為輔助梁山成就偉業的工具和手段。平民百姓們的江湖，需要法律，更需要法律跑得飛快，哪裡有不平，就出現在哪裡。但法律，終究只是一個擺設，戴宗的結局，就是法律的命運。

魯智深倒拔垂楊柳

道具！道具！導演，我要道具！

像武松打虎一樣，魯智深倒拔垂楊柳，也是江湖人物象徵性招牌動作。這兩個動作，與後來的花榮射雁、燕青打擂，一脈相承，遙相呼應，樹立了梁山好漢們一個又一個震撼江湖的威名，構成了他們屹立江湖的一道又一道風景。

無論是老虎、垂楊柳還是大雁、擂臺，都成為了江湖好漢們揚名立萬的道具。如果想在江湖上混出名堂，當然少不了道具，這一點，施耐庵比我們更清楚。也許他覺得魯智深大俠三拳打死鎮關西還不夠完美，不夠過癮，展現的只是魯大俠打架的本事，還沒有表現出魯大俠力氣過人的一面，於是又親自導演了另一場戲。

在這場戲裡，魯智深大俠粉墨登場，趁多喝了些酒，就在一群小混混，也就是自己的粉絲面前露一手，展現一下自己過人的臂力。當然，魯大俠不能刻意去表演，要裝作不經意間嚇粉絲們一跳，這樣才有說服力，才能服眾。

正當魯智深與粉絲們喝酒喝到高興處，樹上的幾隻烏鴉呱呱亂叫，聒躁的很，攪亂了魯大俠喝酒的好興致，於是他假裝很生氣，站起身來走到大樹跟前運了運氣，抱住大樹，你猜如何？驚人的一幕出現了，魯智深大俠竟把好好的一棵大柳樹，連根給拔了出來，你說神奇不神奇？

讀到這一幕的時候，我開心地笑了，我這一笑有兩層意思：第一層感覺很解氣，很過癮；第二層意思是想，如果當代的影視劇裡再現魯智深當時的場景，導演們怎麼處理這個情節呢？要拔一棵真正的大樹肯定不可能，當代人這點子力氣，拔樹苗我看都費勁，別說拔大樹了。我就是想考考導演們的智商，用什麼辦法處理這個問題，看看他們怎麼利用道具弄虛作假，矇騙我等心明眼亮的觀眾。

魯智深倒拔垂楊柳的真實性有幾分？這個問題需要科學家們透過試驗才能驗證，我們這些平頭百姓，既不能否定，也不敢肯定。我權且相信魯智深倒拔垂楊柳是真的，接下來的問題就是，施耐庵相信嗎？如果施耐庵相信，那他寫這個故事的目的是什麼？僅僅為了表現魯智深大俠的孔武有力，力大如水牛嗎？僅僅這樣的話，那《水滸傳》的層次也太低了點，太庸俗了點。既然沒有這麼簡單，那我們就往深處挖掘一下，看看施耐庵大樹底下到底埋藏了什麼寶貝。

拔倒垂楊柳，跟武松打死老虎一樣，魯智深就拔出了自己心中的一根刺。這根刺刺得他的心太疼了，拔不出這根刺，魯智深就永遠擺脫不了現實社會對他的桎梏，擺脫不了根深蒂固的傳統道德影響，成為不了真正的江湖人物。如果說武松打虎，打出了江湖人的膽氣，克服了脆弱的心理，那麼魯智深倒拔垂楊柳，就拔出了江湖人物心中傳統道德的影響，拔出了虛偽狡詐的人情世故，頓時讓人神清氣爽，輕鬆異常。拔出了這根刺，江湖好漢們行走江湖，就沒了忌諱，不再受社會上繁文縟節，虛假客套的儒家說教所約束，特立獨行，我行我素，成為一名真正的豪俠義士。

魯智深倒拔垂楊柳和武松景陽崗打虎，是江湖人物的兩次心理鋪墊，是水泊梁山眾好漢們心智逐漸成熟，特色逐漸形成的兩個關鍵性事件，為眾大俠們粉墨登場，做足了工夫，吹起一個牛氣哄哄的氣場。

對於魯智深這次倒拔垂楊柳，不要單單覺得過癮就算完事，拍打拍打腦袋細想一想，魯智深是什麼人物？《水滸傳》中，第三回魯智深拳打鎮關西，第四回大鬧五臺山，第五回大鬧桃花村，第六回火燒瓦官寺，到了第七回，才倒拔垂楊柳，一系列事件在一步一步逼迫我們的魯大俠採取行動，逼迫他一次一次打碎從小在心中樹立起來的社會倫理和處世原則，離傳統社會優秀青年的道德倫理標準越來越遠，徹底變成了一個打砸搶燒的「犯罪份子」。

拔倒了垂楊柳，也就預示著魯智深徹底清除了心中對社會存有的幻想，徹底掙脫了傳統道德倫理的束縛，精神上獲得極大的解放。施耐庵這樣寫，一方面是對傳統道德文化的否定，傳統道德文化就是鎮關西，就是五臺山，就是桃花村，就是瓦官寺，就是在人們頭頂上整天聒躁的烏鴉，是牠們一步一步把一個個英雄好漢們趕下了水，逼上了梁山，為水泊梁山豎起造反大旗，做好了深層次的社會文化鋪墊。

另一方面似乎也在告訴人們，傳統的道德文化已經成為了吞噬平民百姓們精神世界的洪水猛獸，成為了束縛英雄好漢們成就事業的精神枷鎖。只有拔出扎在人們心中的這根毒刺，進行精神造反、文化造反，才能真正救民於水火，成為平民百姓們心目中的英雄好漢。

施耐庵似乎發現了這個問題，但並沒有給我們指出一條明光光的大道來，魯智深拔出了心中的這根毒刺，所以他最後沒有與宋江同流合污，出家圓寂於杭州六和寺。而中毒已深的宋江們，走投無路，最終還是回歸了正統，再次成為傳統文化的羔羊和祭品，終究沒有擺脫任由傳統文化擺佈的命運，從哪裡來又回到了哪裡去。

上千年積澱下來的傳統儒家文化，說穿了就是朝廷階層的馭民文化，也是愚民文化，平民百姓們除了受其愚弄和統治，並沒有得到多少實惠。這是扎在平民百姓們心頭的一個毒刺，拔不去它，那些所謂民主、民生、人權平等，只不過是空幻罷了。這根毒刺，江湖豪俠拔不掉，水泊梁山拔不掉，施耐庵更拔不掉。

魯智深最後出家當了和尚，從今天我們平民百姓的眼光來看，這並非一條合理的出路，但在那個年代，也許這是唯一的出路。這出路，要遠遠好於梁山上其他眾位大俠。江湖之悲在於，除了投降，並非有路可走，不投降傳統的文化，就被傳統的文化消滅，無論是肉體，還是精神。

對不起大哥，
弟兄們來晚了

第三章

他的江湖

——打不過他還跑不過他嗎？

夜走瓦礫場
你就像那冬天裡的一把火

江湖好漢個人單打獨鬥，對決批鬥，那是再稀鬆平常不過的事，真要拉出大部隊，長槍土炮地幹一仗，那就不是個人武功高低能決定勝負的事情了。《水滸傳》裡，正規軍對陣正規軍的戰鬥，應該從霹靂火夜走瓦礫場開始算起。在此之前，都是梁山好漢們的個人際遇，雖然少不了打打殺殺，也不過是揮拳弄棒，打架鬥狠，算不上真正的戰鬥。這一戰，花榮、黃信、秦明基本是率眾投誠，有正規軍來投，梁山的魚鱉蝦蟹們，逐漸開始走上正規化道路，成為名副其實的軍隊，實力得到空前的壯大。

這次戰鬥，是宋江第一次露出他埋藏在野地墳頭大柳樹下的真面目，其心機之重，心腸之毒，手段之狠，完全出乎我的意料。我被他那「即時雨」的假象迷惑太深了，本以為是個頂天立地的好漢，原是個心機重的梟雄，看來，他還真是個做大事的人。這一點，晁蓋確實相形見絀，無法相比。

宋江對霹靂火秦明使出的這一招，確實夠狠、夠損的。為了拉秦明下水、誆騙他上梁山，以便使自己到了梁山有足夠的實力站住腳，說話有份量，宋江不惜命人假冒秦明造反，殺了秦明的一家老小，絕了秦明的後路，迫使秦明不得不跟著他上梁山。如此損招，不難看出，宋江這個人多麼心狠手辣，冷酷無情。

花榮、黃信、秦明這三個部隊首領，數霹靂火秦明官大，級別高，最有影響力。在秦明加盟梁山前，還沒有一個正式帶兵打仗的現役部隊軍官領兵來投靠，所以秦明到來意義重大。這次宋江上梁山前，梁山基本還是土匪逃犯，敗軍流寇，三教九流，烏合之眾，除了打家劫舍，吃喝玩樂，痛快一天算一天，也沒什麼遠大理想，壓根沒想過要舉旗造反，成就霸業。

要是拉開架勢，真刀真槍的做，宋江一夥當然不是秦明率領的正規軍對手，但秦明這人有勇無謀，經不住宋江們的陰謀陽謀，轉不了幾圈，就被弄迷糊了，掉進宋江們事先挖好的坑，一根繩子捆了去，當了階下囚。

擒住了秦明，宋江就有了騙他入夥的想法，但怎樣才能讓他心甘情願地跟自己走，顯然需要動一動腦筋。秦明這個人還真有點脾氣，要不怎麼得個外號「霹靂火」呢？他不是輕易就能服軟的人，嚇唬他肯定嚇唬不住，來硬的更不行，惹火了他，說不定來個瓦碎缸破。宋江於是就想了個壞主意，把秦明灌醉，趁他睡著的空檔，偷了他的衣服鞋帽，來了個冒名頂替。

隨後帶領手下，殺向秦明工作的城市，一路上故意燒殺搶掠，殘害了不少百姓，來到城下，大呼小叫說秦明已經叛變，現在要進城裡接出自己的老婆家屬，搬遷到遠方更大的城市去生活。這樣一來，守城的兄弟們肯定不同意，衝出城來，拉開架勢要與宋江的軍隊拼命。本來那些冒充秦明的梁山嘍囉們就沒想攻城，也就是擺擺架勢，造造聲勢，讓人們都知道秦明那小子叛變，一看官兵真的衝出來了，早就跑了。青州市長很生氣，後果自然很嚴重，他當即就下令手下逮來了秦明的全家，砍下眾人的腦袋，全部掛在了城牆上。

秦明老兄不明就裡，以為宋江們真夠哥們，請喝酒不說，還親自送自己下山，等到了城門口，吆喝開門進城的時候才發現，自己早就被宋江們打造成了恐怖份子，市長大人正要派出反恐部隊消滅他。這時秦明才明白上了宋江他們的當，無奈，只好調轉馬頭，倉皇而逃。

既然已經成了朝廷要緝拿的要犯，自然就走投無路了，秦明他自己也不知道要躲到哪裡去。這時候，早已潛伏在他左右的宋江們出現了，又是感情拉攏，又是利害關係教唆，最後實施美人計，終於騙得他心悅誠服。秦明叛變後，立刻又去慫恿他的部下鎮三山黃信，最後兩人跟著宋江，一起投奔了梁山。

秦明和黃信是宋江第一次拉下水的正規軍將領。他們兩人領兵打仗還行，江湖行俠仗義那一套顯然不在行，不過他們到了梁山，便開始對梁山的蝦兵蟹將們進行正規化改造，從此梁山開始有了自己的軍隊。從這一點看來，宋江還真是目光遠大，謀劃周全，確實有點帥才的風度。

秦明投誠之舉，就像冬天的一把火，火光起處，就已經宣告梁山的眾位大俠們，已經不再是打家劫舍的流寇，而是開始向訓練有素的正規化部隊轉變了。宋江也不再滿足於小打小鬧，而是進行了一次華麗的轉身，轉變成一支實力強大的反政府武裝，與政府軍真刀真槍地大戰一場，以此來撈取自己的政治資本。

當然，施耐庵讓秦明入夥，也不是為了拉過他們來湊數，畢竟平民百姓們成就自己的江湖，只靠大俠們行俠仗義、單打獨鬥，顯然力量太過單薄了。沒有自己的武裝力量，是消滅不了人間的不平。畢竟江湖不是娛樂，不是拳擊比賽，爭個勝負，滿足一下虛榮心或者逗個樂就完事了。庶民們心中的江湖，是充滿血腥的屠殺和暴力，是要推翻朝廷的統治為目的，戰爭不可避免。所以不能以魯智深的標準去要求投靠梁山的眾位官兵，要從另一個角度去看待這個問題，去理解施耐庵的良苦用心。

霹靂火秦明，就像冬天的一把火，從瓦礫場上點燃了梁山好漢們向欺壓平民百姓們的政權宣戰的怒火。這不僅僅是對傳統文化的反擊，更是一個反諷。所有的文化，都在馬不停蹄地蘊育自己的掘墓人，而百姓們的江湖，除了幻想以暴制暴，確實沒有第二條出路可走。

三打祝家莊

有了快感你就喊

宋江被從江州法場上救出後，感覺實在沒有辦法讓朝廷免除自己的死罪，只好乖乖地上了梁山。到了梁山，他不滿足於像晁蓋那樣，吃吃喝喝，打家劫舍，過一輩子土匪草寇山大王的生活，他想做點大事情，成就一番事業。宋江心裡這麼想，當然不能說出來，只能腦子裡籌劃算計，等待機會到來。

正巧有一天，病關索楊雄和拼命三郎石秀兩人因在薊州殺了人，害怕捕快追捕，跑到梁山來入夥。一開始晁蓋要殺了他倆，後來在宋江的勸說下，才答應收編他們。原來兩人在來梁山的路上，晚上曾經住過祝家店裡的賓館，他們的另一個哥們鼓上蚤時遷，半夜偷賓館打鳴的公雞吃，因此跟賓館的人打了一架，還把賓館一把火給燒了。這下惹惱了賓館的大老闆祝家莊莊主，他們派出手下捉住了時遷，後來撲天鵰李應去祝家莊要人的時候，祝家莊人聽說他們是去投靠梁山後，不僅沒有放了時遷，還揚言要踏平梁山。晁蓋這個人最討厭這些偷雞摸狗沒出息的事情，認為辱沒梁山好漢頂天立地的光輝形象，所以發話要砍了他們。

宋江聽了這事情，感覺是個機會，不能錯過，正好可以藉著救時遷、滅一滅祝家莊的囂張氣焰這個因由，摸摸梁山隊伍的底，看看到底有多大的實力。同時可以練練身手，檢閱一下自己的軍事指揮能力，畢竟之前沒有真刀真槍地統領大軍打過架。所以他找了一大堆理由要去攻打祝家莊，並請求自己親自帶隊去。

畢竟是初次領兵上陣，宋江顯然經驗不足，與祝家莊三兄弟對戰了兩次，都被人家打得頭破血流，大敗而歸，還被捉去了好幾個兄弟。宋江沒辦法，只好向智多星吳用請教，吳用給他支了兩招，才滅了祝家莊，取得第一次軍事上的勝利。

三打祝家莊，讓宋江第一次有了領兵打仗的快感，又收服了孫新孫立等好幾個來投奔的好漢，並送給了王矮虎一個順水人情，把戰俘一丈青，許配給他當了老婆，做足了收買人心的秀，不斷地為他累積威信，贏得手下的信任和支持。這一個勝仗，使宋江在梁山的人氣大漲，大有超過晁蓋並取而代之的勢頭。

三打祝家莊這事，對水泊梁山來說，意義實在是太大了，是整個水泊梁山走勢的重大轉折，為什麼這樣說呢？

首先，讓梁山好漢們在江湖上名聲大振，吸引了更多的人紛紛來投靠，使梁山的實力空前壯大。其次，震懾了當地方圓幾百里的土豪劣紳，使他們對梁山好漢們更加害怕，不敢再輕易欺負平民百姓。再次，威懾周邊地方政府，不敢輕舉妄動來冒犯剿滅他們。

在這裡，我們也要看到以祝家莊為代表的民團力量，相對於官軍來說，這些人其實最難對付。因為民團有具體的戰鬥目的，就是保衛自己的莊園，保護自己的家。無論是祝家莊還是曾頭市，他們厲兵秣馬、修建壕壘就是為了抵抗那些動不動就來「借糧」，實則是燒殺搶掠的梁山人。這些人世代聚族而居，同枝共氣，一榮俱榮，一損俱損。民團的將兵之間，或親戚、或世交、或師生，因此可以用最小的成本收穫最大的效益。

儘管秦漢以後，國家實現了大一統，但是各地的莊園主還是喜歡訓練民團，這是為什麼呢？因為他們對官軍，也就是自己納稅養起來的政府軍極度不信任。按理說，老百姓已經支付了保護費即皇糧國稅，可是由於皇權社會管理混亂，效率低下，官軍的戰鬥力很多時候都不如民團。為了自己的安寧，還是選擇自己掏錢保衛自己。最典型的例子就是清朝咸豐、同治年間，八旗、綠營等政府軍一塌糊塗，翦除洪楊、廓清東南的依然是曾、左、李等人的民團。

面對官軍不如民團的歷史，我不僅要問：「花錢無數，養兵到底做什麼？」

三打祝家莊後，水泊梁山開始沿著宋江的思路走，晁蓋那一套江湖好漢聚義行樂的做法，逐漸被宋江謀大事、創大業的想法取代。水泊梁山也由行俠仗義的江湖開始向管理嚴格的實體政府轉型，好漢們行走江湖的權力，逐漸轉變為政府行政管理的權力。這一微妙的變化，實質上已經告訴我們，水泊梁山已經開始悄悄地變質，雖然這一變化是細微的，難以察覺的，但已經向著宋江心中的理想，邁出了關鍵的一步。如同病毒一樣植入了江湖的身體，使這個剛剛有了起色的江湖，迅速地滑向解體的深淵。

三打祝家莊後，最微妙的變化，來自水泊梁山領導權悄悄的轉移。這一個大勝仗，可讓宋江沾了大光，人氣直線飆升，地位急速地提高，很多好漢們表面上聽晁蓋的，私下裡已經唯宋江馬首是瞻了。宋江不點頭，他們好像根本就不想邁步，權力的砝碼，開始向宋江這邊傾斜過來。這也為後來晁蓋執意要去攻打曾頭市，埋下了伏筆。

這次出征，可以算是水泊梁山建軍後的第一次登臺亮相，同時也檢驗了宋江的軍事指揮能力，為後來指揮梁山軍馬馳騁沙場，打下了一個不錯的底子。透過這次行動，也顯露出了參謀長吳用的軍事智慧，正是他的戰術謀略，幫助宋江取得了開門紅。使宋江對他更為依賴，並成功地分化瓦解了他，使他在關鍵的時候，站在自己的這一邊，對削弱晁蓋的領導權，發揮了重要的幫兇作用。

施耐庵這樣安排梁山好漢們第一次走出水窪到外地作戰，顯然是為以後梁山的各種軍事行動做鋪墊。沒有這次鋪墊，後來發生的種種事情就顯得突兀生硬，缺乏合理性。

三打祝家莊是水泊梁山的一個重要轉捩點，是梁山從一個地方性的大黑幫成長為一個全國性的大黑幫的重要標誌。雖然經過這次戰鬥，梁山在江湖上名氣大振，吸引眾多不知內情的好漢前來投奔，但他們投奔的，已經不再是人人心馳神往的江湖，而是已經開始加速蛻變的小政府，從自由自在的草莽民間，重新踏入了管理嚴格的政權體系。

三打祝家莊由時遷而起，這也預示著，時過境遷，英雄好漢們聚集的江湖，已經開始逐漸消失，最後淹沒在普通尋常的市井生活之中。不外乎是施耐庵要向我們爆料，所謂江湖行動，就此打住，雖然掙扎了三次，但結局一樣。世上沒有平民百姓心中的江湖，只有強權們盤踞的朝廷，就算江湖豪俠雲聚，結果也會是一團青煙，只待留給平民百姓們苦悶時來追憶。

擺佈連環馬

套牢一個是一個

據瞭解水泊梁山的知情人爆料，五虎上將雙鞭呼延灼是大宋朝有名的將軍呼延贊的後代，這也難怪呼延灼大名鼎鼎，原來是沾了祖宗的光。能成為江湖人物，一般多少都要會兩下子，呼延灼也不例外，不僅武藝了得，揮舞兩根銅鞭所向無敵，還會擺佈連環馬。他與梁山結緣，就是從連環馬開始的。

眾所周知，梁山好漢是最講哥們義氣的，而且很多好漢包括宋江、林沖、武松等都在小旋風柴進家裡混過吃喝，如今小旋風柴進遇到了麻煩，被下了大獄，你說梁山的兄弟們能坐視不管嗎？為了搭救小旋風柴進，梁山組織大鬧高唐州，並把高唐州的市長高廉痛扁了一頓，砍下了腦袋，救出了柴進兄弟。

這下可惹下了大麻煩，你知道高廉是誰？說出來嚇你一跳，他就是大宋最高軍事長官高俅高太尉的兄弟。單說砍了高廉的腦袋，其實就是向高俅宣戰，如果高俅身為部隊統帥，兄弟卻被人砍了腦袋還無動於衷，那也太沒面子，太說不過去了。果然，高俅得到了消息，立刻稟報給了皇帝，並且立即下令出兵剿滅梁山眾好漢。高俅派哪位將軍領兵來戰呢？經過別人推薦，高俅派出的將軍就是雙鞭呼延灼。

呼延灼接到命令，率領大軍連夜趕往水泊梁山所在地，到了梁山泊的邊上，拉開架勢，要與梁山眾好漢們狠狠地打上一架。呼延灼的職務相當於副軍級的少將司令，可以說是世受國恩。高俅大力推薦他，並且在人員和武器裝備上竭盡全力支持。要說奸臣當道報國無門，從呼延灼身上一點也看不出來。雖然那時候，水泊梁山的名將只有秦明、林沖、花榮幾個人，但好漢架不住一群狼，呼延灼再厲害，也擱不住好漢們輪番的對決。

果然沒幾個回合，他的部下，一個姓彭的上校正團級軍官就被梁山好漢們活捉了。第二天再戰，雖然車輪戰呼延灼沒吃什麼虧，但也沒佔到什麼便宜。呼延灼一看這樣下去很難取勝，於是使出了最後的絕招，不跟他們單打獨鬥，使用裝甲部隊——連環甲馬，地毯式進攻。

這一招果然奏效，很快就把梁山好漢們趕到水邊，攆到了水裡。接著，轟天雷凌振指揮炮兵一陣猛轟，把梁山的營地鴨嘴灘炸了個稀巴爛。凌振的火炮技術十分了得，《水滸傳》上說他是「宋朝盛世第一炮手」。呼延灼在推薦凌振時提到，「此人善造火炮，能去十四五里遠近，石炮落處，天崩地陷，山倒石裂」。

假如呼延灼沒有誇大的話，射程十四、五里相當於七千至七千五百公尺的火炮，而且威力很大，「天崩地陷，山倒石裂」。凌振一連放了三炮，其中一炮一直打到鴨嘴灘邊小寨上，命中率達到了三分之一。這讓宋江等人狼狽不堪，慌忙逃回了山，躲在黑屋子裡商量如何破敵。這會兒工夫，梁山的水軍趁機突襲，把呼延灼炮兵團的大炮，都沖到水裡去了，還把炮兵營長轟天雷凌振給活捉了。

凌振被俘後，立刻就投降了，隨後就掉轉炮口對付呼延灼的政府軍。可惜的是，凌振上了梁山後，職司僅為「專造一應大小號炮」。讓這樣一個首席火炮專家、高科技人才負責造炮，就好比讓開戰鬥機的飛行員去駕駛熱氣球一樣可笑且可悲。凌振的境遇告訴我們，縱然你身懷必殺之技，但領導不用，最終還是無用。接下來繼續說呼延灼，他的海軍戰鬥力不強，所以不敢貿然下水，雙方就各自躲在自己的陣地裡，不再出戰，等待時機。

呼延灼的裝甲部隊早已聞名天下，就是連人帶馬一起武裝，穿上鎧甲，然後用鐵鎖連在一起，組成一個個方隊，集群衝鋒，躲在方隊後面的步兵，就可以放箭攻擊，所以攻擊力一直很強。但呼延灼的裝甲部隊畢竟不是現在的坦克部隊，它也有破綻和缺點，那就是戰馬的蹄子不能用鎧甲包起來，必須露在外面，否則就無法前進。只要對手想辦法割斷了馬蹄子，就像反坦克導彈炸斷坦克的履帶一樣，戰馬就會摔倒在地。由於一個方隊的戰馬是用鐵鎖串聯在一起的，所以只要有幾匹戰馬倒下，整個方隊就會被拉扯住一塊垮掉。瞭解了呼延灼裝甲部隊的這一弱點，梁山軍事頭領們就開始尋找破解之法，這就發生了著名的時遷「盜甲門」事件。

宋江為首的梁山將領們，透過調查研究發現，要想攻破呼延灼的連環馬，需要使用鉤鐮槍。梁山一個鐵匠說，他會製造鉤鐮槍但不會使用，但他的表哥金槍手徐寧會使用，並繼續八卦說徐寧有一個祖傳寶貝雁翎甲。於是吳用就獻計，讓時遷偷來雁翎甲，把徐寧誆騙到山上來。果然，時遷手到擒來，把徐寧的雁翎甲真的給偷來，徐寧被一路騙到了梁山，被逼無奈，只好入夥，幫助梁山軍破解連環馬。

有了鉤鐮槍，雙方再次捉對廝打時，呼延灼的連環馬就不是對手了，只見徐寧指揮的鉤鐮槍隊一陣砍瓜切菜，呼延灼的裝甲部隊就全部癱瘓。呼延灼一看敗局已定，顧不得那麼多，被迫來了一次戰略大轉移。

呼延灼這次被人打得腦瓜冒金星，臉丟的也太大了，這事怎能算完？於是他跑去青州搬救兵，以圖東山再起。半路上，大宋皇帝賜給他的坐騎，又被一群佔山為王的土匪給偷跑了，你說他丟人不丟人？這口氣不出，真是枉為呼延贊之後了。

於是他在青州借了兩千兵馬，準備蕩平草寇，奪回御馬。不料想這卻是個連環案，偷馬的桃花山李應求救二龍山的魯智深和武松，武松又建議向梁山求救，結果，梁山、二龍山、桃花山，三個恐怖基地的三股恐怖勢力合在一起，一起對青州城發動了恐怖襲擊。

呼延灼打仗還行，論交際公關可就離組團公關的梁山幫差遠了，沒用幾個回合，呼延灼就落入宋江佈下的圈套，被活捉了。

我們來看一下呼延灼被俘後的嘴臉，宋江自然是老一套，鬆綁之後好言相勸，此時呼延灼說：「被擒之人，萬死尚輕，義士何故重禮陪話？」氣短之極，根本不像是一個好漢說的話，簡直就是一個貪生怕死之輩。不僅如此，呼延灼叛變後，他又幫助梁山的人開了青州城門，導致青州城破慕容市長全家被屠。哪怕慕容市長再壞，卻絲毫沒有對不起過呼延灼，對他只有恩沒有仇。要知道僅僅數天之前呼延灼還對著慕容市長，賭咒發誓要效死報德，誰想到白道上的大官，翻臉比翻書還快。

雙鞭呼延灼，打死他也不會想到，自己佈下連環馬，不僅把自己套了進去，還把眾多的好漢牢牢地套住，一起下水，成了梁山大俠中的一員。三打祝家莊和擊破高唐州，梁山軍都是主動出擊，採用攻勢打法，唯獨這次是坐守後方，在自己的家門口玩起了防守反擊。先是牢牢地守住自己的陣地，然後進行了一個漂亮的反擊，就攻破了青州，大獲全勝。同時趁機拉對方的大人物叛變，引進了魯智深、楊志、武松等眾多大牌高手，使得梁山實力空前大漲。這一點，恐怕踢了一輩子足球，靠踢球起家的高俅怎麼也想不到的，大概他聽了這個消息，肯定後悔不迭，連拍大腿。

曾頭市晁蓋中箭
對不起大哥，弟兄們來晚了

三打祝家莊後，說一句不中聽的話，晁蓋的權威，可謂江河日下，一日不如一日，威信越來越低，聽他話的人越來越少。這也怪不得晁蓋，無論從哪個方面說，他與宋江的較量，都缺乏競爭力。晁蓋是一個標準的江湖人物，仗義疏財，大碗喝酒，大塊吃肉還行，真要論起來兄弟們的前程命運，晁蓋還真沒主張，不過是快活一天算一天罷了。

首先，因為目光短淺就輸給了宋江一大截。其次，晁蓋是個江湖英雄，卻不是一個政治家、陰謀家，缺少一個政治家的包容之心和陰謀家的厚黑之心，僅憑這一點，就不是宋江的對手。我這樣說，當然不是憑空杜撰，畢竟我對晁蓋還是崇敬有加的。

先從三打祝家莊的起因說起，晁蓋很看不起小偷小摸的混混和地痞，以為那些人不夠光明磊落，有損梁山好漢的形象，所以也連帶瞧不起與時遷為伍的楊雄和石秀，甚至在兩人投奔梁山時，想殺掉他們。這種做法，顯然會大失人心，試想，能到梁山落草的，哪個不是在傳統道德裡有這樣那樣缺點的，就是晁蓋自己，也是一個搶劫犯。不能因為自己搶劫過金銀財寶就成為英雄，別人偷一隻雞就成了狗熊，兩件事雖有大小之分，性質卻是相同的。

反觀宋江，三教九流，幾乎無所不包，無論做什麼的，只要對其忠心，能為其所用，無不納入帳下，恩威有加，使之感激涕零，甘願為之賣命。楊雄、石秀的加入，就是個很好的例證。宋江的做法，才是一個謀大事的戰略家應該做的，有多大胸懷就能成就多大事業，古人的話說的一點不假。

囉嗦了半天，其實目的只有一個，就是為了引出曾頭市「中箭門」事件，對其利弊得失進行一番品評，找到一個話題，以此來把握一下江湖興衰的脈絡。按照梁山的發展軌跡來看，攻打曾頭市純屬於禿子用木梳——多餘又費事，除了製造麻煩，沒有得到一丁點的好處。既然沒什麼好處，梁山大俠們為什麼還要做這些出力不討好的事情呢？這就要從晁蓋說起，這件事完全是因為他一人的私心和面子而起。

三打祝家莊，攻破高唐州，擊敗呼延灼，三次大的軍事行動，讓宋江掙足了面子，人氣指數直線地飆升，無論是威信還是地位，都已經遠遠地超過了坐在第一把交椅上的晁蓋。這讓晁蓋很難受、很不自在，坐立不安。僅從晁蓋自身的實力來說，如果此刻能審時度勢，急流勇退，及早讓賢，不失為一種明智的選擇。很可惜，當局者迷，此時的晁蓋並沒有認識到自身潛在的危機，執意率領手下去攻打曾頭市，想趁機重樹自己的威信，挽回自己的面子，鞏固自己老大的地位。

說起攻打曾頭市的理由，我一直覺得是施耐庵為了讓晁蓋退場而杜撰出來的，無論怎麼讀，都無法讀出要攻打曾頭市的原因和必要。起因很簡單，就是因為金毛犬段景柱，也就是水泊梁山一八零八位大俠中排名最後的那一個，供認說，他是北方的一個盜馬賊，偷得一匹好馬，本來打算獻給即時雨宋江的，沒想到路過曾頭市時，被曾家五虎搶去，還污蔑梁山眾兄弟為臭狗屎。

其實這本不是什麼大事，不就是一匹馬嗎？為了一匹馬大動干戈，實在沒什麼必要。但晁蓋卻不這麼認為，一是段景柱偷馬是為了巴結討好宋江，這說明宋江在江湖上的聲望已經遠遠超過了自己；二是，自己總是窩在山上，寸功未建，被人小瞧也是理所當然。如果此次能藉機下山，找人對決一下，顯露顯露自己的身手，也能提升一點人氣，與宋江抗衡抗衡。

據此兩點，晁蓋便不顧眾人勸阻，非要攻打曾頭市。為了表示晁蓋一意孤行，施耐庵還安排了一場迷信活動，在出征前，故意讓大風吹斷了中軍大旗，然後請參謀長、晁蓋最好的哥們吳用前來相勸，說旗杆折斷，打仗不利，力阻晁蓋。而晁蓋根本聽不進去，堅決領兵出戰。施耐庵這樣寫，無非是為了告訴眾位看倌，晁蓋的死，完全是因為他自己咎由自取，可不是施耐庵故意要安排他下場，把他排除在一百零八位大俠之外。

為了讓晁蓋的退場，施耐庵可謂煞費苦心，其中有一個細節，讓我總覺得有悖常情。大家都知道晁蓋與參謀長吳用是最鐵的哥們，大事小情，晁蓋都是聽吳用的，可是攻打曾頭市這麼大的事，晁蓋卻沒有帶吳用去，而且吳用除了勸阻以外，並沒有請求隨軍前往，幫助他老大建功立業。無論從哪個角度，我都猜不透他們兄弟兩人之間如此行事的原因，只能認為這是施耐庵做的手腳。

事情的進展果然不出所料，晁蓋不僅沒有打下曾頭市，還中了一箭，而且這一箭還是毒箭，無藥可醫，只有逃回梁山等死的份。最好玩的是晁蓋中箭後，梁山眾位兄弟的反應。當家老大中了毒箭，眾位兄弟除了假惺惺的哀嚎外，並沒有哪個挺身而出，建議去請名醫大夫診治，好像眾好漢一下子失去了令人敬仰追捧的哥們義氣，完全變成了自私自利的傻蛋。這一破綻，可能是施耐庵始料不及的吧。

攻打曾頭市，讓晁蓋徹底退出了江湖，其實也是正式宣布，平民百姓們心中的江湖，已經開始覆滅，留下來的水泊梁山，只不過是一個追求功名利祿的朝廷小社會的翻版罷了。曾頭市，註定成為爭頭市、正頭市，更正水泊梁山的頭領，讓宋江正式走上江湖歷史的舞臺。

月夜賺關勝
大刀向自己的頭上砍去

為了矇騙盧俊義上梁山，宋江可謂煞費苦心，甚至不惜大動干戈。捕快在抓捕盧俊義的時候，捎帶著也把來救他的石秀一塊抓了進去。宋江見狀，無計可施，只好率領大軍攻打大名府。大名府的梁市長，是蔡總書記的女婿，危急時刻，急忙向老岳父求救。蔡總書記焉能坐視女婿被圍攻不管，萬一有個三長兩短，自己的女兒豈不成了寡婦？於是，他立刻召集總參將領們集體開會討論對策。畢竟這牽涉到蔡總書記的至親，誰也不敢亂說話，要是所獻之策不靈，顯然是自找麻煩。這時候，上校處長醜郡馬宣瓚打破僵局，出面推薦關勝。關勝號稱是關公的後人，可是此時距三國時代差不多有千年了，能保留下多少祖上的基因也很值得懷疑。但是丹鳳眼、重棗臉，以及青龍偃月刀卻是不變的標誌。

關勝率隊來到大名府外，稍作準備就披掛上陣。剛開始交戰，雙方都很小心，後來，梁山的水軍們就按耐不住了，私自去偷襲關勝大營，結果被逮了個正著。這讓關勝大喜過望，以為梁山不過如此，便有了輕敵之意。於是率隊跑到梁山陣前大喊大叫，痛斥宋江們為何不老老實實待在家裡，竟敢聚眾鬧事，擾亂社會治安，揚言要與宋江們決一死戰，捉了他們去官府領賞。

宋江見了，一個勁地誇獎關勝勇武，這就惹惱了林沖和秦明，兩人大喝一聲，一齊前去迎戰。關勝雙拳難敵四手，漸漸落了下風，只有招架之功，沒有還手之力。這時，宋江卻命令手下鳴金收兵，讓林沖和秦明住手，不打了。林沖和秦明正殺得興起，卻突然收手，覺得很掃興，一臉不解地看著宋江。

宋江忙說：「咱們都是江湖上有頭有臉的人物，要講究忠義，以多欺少，勝之不武，贏了面子上也不好看。我看那人武功不錯，很有才，人品也不錯，不如想個辦法把他收編，豈不更妙？」

林沖和秦明聽了，雖然心裡不高興，但也不便發作，只好哭喪著臉退了下去。

關鍵時刻，宋江放過了自己，關勝心裡也很納悶，就從大牢裡找來張橫和阮小七問個究竟。阮小七當然不傻，趁機吹噓了一通宋江如何忠義，不會乘人之危。阮小七的溝通交際，做的還真不錯，至少開始動搖了關勝的軍心。

第二天，降將呼延灼又祕密來見關勝，說自己被宋江拖下水，心有不服，這次叛變投靠將軍，要報仇雪恨。與此同時，他又拍了關勝半天的馬屁，將關勝哄的很開心。接著，他又按吳用導演的細節進行表演，繼續矇騙關勝，贏得了他的信任。

呼延灼看到時機成熟了，就慫恿關勝乘著夜色，去偷襲宋江的營地。關勝老兄以為是條妙計，傻乎乎地跟著呼延灼摸進了梁山的地盤，沒料到梁山上的人早有準備，挖了個大坑讓他跳了進去，當場被綁了起來。

接下來，輪到宋江擔綱主角了，他親自給關勝鬆綁，尊為上座，然後納頭便拜，叩首伏罪說：「亡命狂徒，冒犯虎威，望乞恕罪。」關勝對自己被俘毫無思想準備，以為難逃一死，沒想到宋江來了這麼一招，一時間閉口無言，手腳無措。當梁山眾人請求關勝入夥時，關勝還要裝模作樣的說：「無面還京，俺三人願早賜一死！」話說得貌似有骨氣，實際上已經有了求生之意。

經過了一番彼此心知肚明的你來我往，關勝還是落草為寇了。比起他的祖上，關勝缺少的恰恰就是忠義，想想當年，曹操上馬金下馬銀，都沒有降服關雲長，而關勝兵敗就投降，這個反差實在太大。不僅如此，關勝還去勸降自己的部下單廷珪和魏定國。這次勸降簡直就是一場荒誕劇，當單廷珪聞聽關勝投降時，大罵道：「辱國敗將，何不就死！」結果單挑五十回合被關勝生擒後，就變成了：「不才願施犬馬之力，同共替天行道。」

魏定國也同樣如此，一開始大罵「忘恩背主，負義匹夫！」不料兵敗被圍，關勝一勸就投降了。沒想到人有時候竟然可以無恥到這種地步，嘴上說的義正詞嚴，轉眼間草寇就變成了替天行道、有情有義的好兄弟了。

施耐庵將以關勝為首的降將集團一兵敗被俘就投降的醜行，解釋為感念好漢們義氣深重，進而替天行道。其實，這個說法根本不值得一駁。這類人既無道德觀念，又毫無軍人氣節，根本沒有權利說什麼「替天行道」，他們做為黑暗朝廷的高官本身就應該是被替天行道的對象。

收服了關勝，對宋江來說，可謂一箭雙鵰。他之所以看中了關勝，非要拉他下水，有一個重要的原因，就是他一直想找一個武藝超群的高手，取代林沖的地位。

在關勝上山之前，梁山的眾位大俠裡，數林沖的功夫最為了得，但林沖是晁蓋幫的人。想當年，晁蓋一夥來到梁山，多虧林沖幫忙，對王倫下了黑手，才樹立了晁蓋在梁山的老大地位，而與宋江多少有那麼一些不睦。晁蓋死後，林沖就成了宋江提防的對象，一直想尋個機會，找人取而代之。無奈林沖地位牢固，輕易下不得手，這次關勝到來，論資歷和身手，完全可以力壓林沖。這樣，就可以牢牢地控制住梁山的武裝力量，不怕軍隊不聽自己的招呼。

果然，後來梁山進行的人事安排中，關勝排在五虎上將之首，林沖只能屈居第二，喪失了原有的地位和權力。這樣，宋江逐漸使原來的晁蓋幫勢力邊緣化，使之失去了對他的施政方針所形成的影響。

關勝是將門之後，連他都下水了，對擴大梁山的影響，有著轟動效應，使政府軍不再輕易放言要與水泊梁山過招了。同時，關勝的叛變，增強了梁山的實力，為宋江拿下大名府，救出盧俊義，增加了獲勝的砝碼。在攻打大名府時，宋江故意讓關勝率軍攻城，樹立他在軍中的威信。後來，關勝又勸說單廷圭和魏定國兩位將領投降了梁山。至此，他確立了自己在梁山武夫中排名老大的地位，成了宋江重要的支持者。

關勝來投奔，五虎上將到齊。大刀關勝，大刀闊斧，關乎勝利；豹子頭林沖，像豹子一樣臨陣衝鋒；霹靂火秦明，雷厲風行，擒敵要在明處，乾脆利索；雙鞭呼延灼，兩邊打仗不要延緩膠著，速戰速決；小李廣花榮，勝利就像花一樣繁盛光榮。仔細讀來，我好像一下明白了施耐庵對梁山好漢們寄予的厚望，希望他們節節勝利，為平民百姓們打下一塊屬於自己的天地。

五虎上將，是梁山軍中的最高將領，可以說，他們決定著梁山的生死和未來，關乎著梁山的勝利和光榮，為宋江與朝廷談判，提供了足夠重的籌碼。宋江引關勝這些降將們入夥且在組織內佔據重要地位，也是梁山組織向官僚集團蛻變的象徵。只不過與黑暗的朝廷相比，在野的梁山集團還可以繼續唱高調說漂亮話，唸替天行道的經。對下層百姓而言，頂多是換湯不換藥。這也表明，平民百姓的江湖，必將是赤手空拳的江湖，與其寄希望於舊政府公職人員，還不如自己玩自己的好。

活捉史文恭出來混遲早要還的

晁蓋攻打曾頭市，可以說留下了一個巨大的懸案。一是，晁蓋要去攻打曾頭市，理由就不明不白；二是，無緣無故面門中了一箭就很蹊蹺；三是，中箭後竟然不去請醫生治療，十分不近情理；四是，晁蓋臨死留下的遺言，誰活捉史文恭，誰就坐水泊梁山第一把交椅，根本不想把位子傳給宋江。

我翻來覆去，怎麼看，怎麼像施耐庵為我們下的一個套，不就是想讓晁蓋讓位給宋江嗎？還繞了這麼大一個彎。更戲劇化的是，施耐庵在這裡故意弄了個噱頭，晁蓋明明知道，自己死後非宋江坐頭把交椅不可，還弄出個競選遺言，也有點太不符合邏輯了。之所以這樣安排，顯然是為了拉盧俊義入夥埋下的伏筆。

晁蓋攻打曾頭市時，施耐庵說天時不行，地利不行，人和不行，這也不行那也不行，等宋江們把盧俊義誆騙上了梁山，再去攻打曾頭市，就什麼都行了。其實，宋江之所以再次攻打曾頭市，也不完全是為了給晁蓋報仇，起因還是因為金毛犬段景柱，所以我說，雖然段景柱排名一百零八位大俠的末了，但這個人還是蠻有意思的。上次偷了一匹馬想巴結宋江，結果被曾頭市搶去，送了晁蓋的命。這次買馬，又被強人搶去獻給了曾頭市，事情就這麼巧？看來宋江想不滅了曾頭市，老天都不答應。

施耐庵之所以安排段景柱這個人來扯出曾頭市，顯然有很深的用意，晁蓋是梁山老大，段景柱是梁山末尾，段景柱一來，晁蓋就沒了，如果晁蓋活著，梁山就不可能是一百零八位大俠，說不定也不排座次。所以段景柱的出現，有點掐頭去尾的意思，而且曾頭市寓意就是正頭市，扶正梁山真正的頭領，一頭一尾，從此確定，為後來梁山排座次，打下了基礎。而且段景柱出現，也是告訴我們，日後就不是晁蓋領導的江湖了，該是宋江當家做主了。

我一直不解，晁蓋臨死時為什麼不直接把權力交給宋江，而要以活捉史文恭為條件要大家競選呢？難道真的是出於私心，讓別人為自己報仇，以此做為回報？這有點小看晁蓋了。另一種可能是，晁蓋對宋江執掌梁山大權並不滿意，但又不好直接說出來，就設置了這樣一個競選的條件。透過這件事可以看出，當時梁山內部權力鬥爭是異常激烈，挺晁和挺宋兩派，肯定沒少為此爭鬥，只不過施耐庵沒有明明白白地寫出來罷了。這一鬥爭，其實就是走江湖道路，還是走朝廷道路，兩種思想的鬥爭，關乎梁山的命運。結果大家都知道，江湖之路行不通，晁蓋只好退場。

上次攻打曾頭市，吳用坐在梁山喝茶聊天，並沒有隨軍而來，這次再打曾頭市，數他表現積極，獻計獻策，忙得不亦樂乎，兩次反差如此之大，其中暗藏玄機。

晁蓋之死雖說對宋江是個解脫，但是他的遺言卻像一根毒刺扎在宋江的心中。關於這一點，吳用心知肚明，他十分乖巧地在宋江面前彎下了腰。晁蓋被曾頭市所殺，這是梁山的奇恥大辱，按理說梁山首要的事就應該是為老大報仇。可是宋江卻以悲哀過度為由不理幫中事務，後來在晁蓋幫的主動勸進下，才勉勉強強坐上了老大的位子。但晁蓋的遺言，始終是宋江的一塊心病，不解決這個問題，老大的位置就會名不正言不順。況且萬一有人殺了史文恭，宋江的處境就更尷尬了。所以此時此刻他絕不會主動攻打曾頭市。

當然宋江做為繼任為老大，不去為前任老大報仇這話是說不出口的。這時，聰明的吳用給了宋江一個臺階下，藉口居喪期間不可動兵，將此事暫時擱置下來。後來宋江想了個辦法，就是引盧俊義上梁山，然後造成宋江同盧俊義之間的競爭，進而用作弊方式化解了晁蓋的遺言。

沒想到人算不如天算，作弊了半天，盧俊義還是擒獲了史文恭，這對宋江來說是個天大的意外。沒辦法，宋江只能裝模作樣的要擁立盧俊義為老大。梁山的兄弟包括盧俊義在內再傻也明白宋江是在做戲，最後還是讓他當了老大。宋江又建議他和盧俊義分別攻打東昌市和東平市，贏的人當老大。這一次，宋江比盧俊義先搞定東平市，終於名正言順了。

水泊梁山大大小小打了這麼多仗，唯獨這兩次攻打曾頭市，最不符合邏輯，一次輕率出兵，魯莽作戰，另一次傾巢出動，下了血本，爭來鬥去就是為了一匹馬。等到活捉了史文恭，我研究了半天史文恭這個名字，才突然明白，原來史文恭就是史文公，施耐庵不就是討厭撰寫歷史的那些傢伙嗎？要揪下他們的腦袋，看他們還敢胡寫歷史不！

而那匹馬，顯然指的就是龍，在地為馬，騰空為龍，這是中國古文化的精髓和要義，如今我們仍然常說龍馬精神，連唐僧的坐騎也是白龍馬。而史官們編纂的歷史，其實就是一部「龍」的歷史，根本就沒有平民百姓們什麼事，怪不得晁蓋聽到白馬被史文恭所搶，不由得勃然大怒，立即領兵下山來攻曾頭市，原來他是想為江湖好漢、平民百姓們樹碑立傳，重寫歷史。

顯然，宋江和吳用等知識份子，對平民百姓們歷史不感興趣。晁蓋沒有打下曾頭市，反而中箭身亡，就是為了告訴我們，江湖好漢與平民百姓，永遠成為不了歷史的主角，雖然他們也是創造歷史的重要力量，但他們的力量只能像地火一樣，永遠埋藏於地下，默默地燃燒。

這次打下曾頭市，梁山大權已經易主，梁山的道路，早已不是江湖好漢們聚義之路，不過是另一條通向朝廷的小徑罷了。宋江們書寫的歷史，只能是他們的個人成功史，與平民百姓們再無一點瓜葛。歷史只是出現了一個短暫的裂縫，瞬間又變得嚴絲合縫了。

《水滸傳》之所以與《三國》、《西遊》、《紅樓夢》不同，最大的特點就是字裡行間，都充滿了施耐庵對平民百姓的同情和摯愛，以及為找到一條希望之路表現出的那種深深的痛苦和無奈。讀到此，我忽然對施耐庵肅然起敬。

上一次的曾頭市是爭頭市，而這一次徹底成了正頭市。一場歷史話語權之爭，早早落下了帷幕，梁山猶在，而江湖，悠然已遠。

奉詔擊大遼
也當一回愛國英雄

宋江與朝廷代表團談判成功，正式接受朝廷的改編之後，做的第一件事就是抗擊入侵的大遼。這樣的事情，是宋江們願意做的，因為抗擊外辱，是愛國主義行動，正好趁機重塑變身為正規軍的梁山軍隊的形象，消除平民百姓們對梁山好漢投降於朝廷的不屑和鄙視。

這次抗擊大遼，宋江的部隊兵分多處，全面出擊，以一己之力，抗大遼舉國之兵。大宋皇帝這一招，可謂是以毒攻毒，一舉兩得，同時可消滅兩個危險的恐怖份子集團，那是再划算不過的事情了。

宋江的腦袋沒有進水，更沒有結冰，當然知道其中的危險性，況且大遼國也派人前來遊說，分析這事情的利弊得失，告訴他們根本犯不上幫助大宋皇帝和大遼過不去，還不如自立為王和大遼合作來得實惠。連智多星吳用都認可了大遼人的觀點，可是宋江卻堅持認為，我們梁山好漢，各個都是忠義之士，就算大宋皇帝坑害我們，我們也要忠心於他。

宋江為什麼如此堅定，不惜下了血本，鐵了心要與搶奪大宋地盤的大遼決一死戰呢？在他眼裡，雖然這麼做危險多多，但也有很多的好處，能為梁山軍撈取道德資本。搶劫銀行、盜竊國庫、殺人放火、恐怖襲擊等違法犯罪活動，朝廷雖然嚴厲打擊，但在平民百姓們眼裡不算什麼，弄得好還能落個英雄好漢的美名。

如果不愛國，那麻煩可就大了，道德上將徹底失去有利的地位。宋江想，如果能趁這次國難，當一次愛國英雄，那麼自己的道德形象就會趨向完美，人氣指數會直線飆升，為將來仕途晉升，創造了有利的條件。

擊敗大遼，宋江的梁山軍也是費了九牛二虎之力，大遼軍隊乃是虎狼之師，可不像大宋的政府軍那麼好對付。雖然宋江、盧俊義、吳用、呼延灼等人率軍都曾取得小規模局部的勝利，但最後一戰，被大遼軍打得落花流水，連愣頭青李逵都被活捉了去。關鍵時刻，宋江不得不搬出神仙救兵，九天玄女給他支了一招，用八卦相生相剋理論，才把大遼軍徹底打敗。施耐庵這麼寫，無非是想說，宋江抗擊大遼，是正義之舉，感天動地，連天上的神仙都來幫忙了。由此可見，邪不壓正，正義總能取得最後的勝利。

為了表現宋江們的愛國之心多麼強烈，施耐庵故意讓宋江的軍隊歷經磨難，剛要出擊大遼，就讓朝廷的腐敗份子來搗亂，故意貪污朝廷的慰問品，激起梁山軍的憤怒。一個弟兄還把朝廷派來的慰問人員狂揍了一頓，逼得宋江只好把這個手下砍了頭來向朝廷交待。這事可以看出，朝廷中的很多官員是不願意看到宋江表現太搶眼的。

仔細閱讀宋江帶領梁山軍與大遼對陣的過程，索然無味，已經沒了梁山好漢們以前單打獨鬥時展現的風采，精彩的地方實在太少。梁山一百零八位大俠，已經逐漸消磨掉了自己的個性，淪為一群毫無生趣的戰爭機器，我行我素、行俠仗義的本色已消失殆盡。至此，好漢們行走的江湖徹底終結了，剩下的路，完全是一支政府軍隊的所作所為了，與江湖再無一點牽扯。

擊敗了大遼，宋江的梁山軍成為了愛國英雄，在道德上為自己正了名，從此以後，就可以在光天化日下，沿著仕途的大道，高歌猛進了。這次道德形象的轉型，可以說是非常成功，顯示出了宋江足夠的政治智慧和政治眼光。

這也是宋江的梁山軍接受朝廷改編，投降變節後做的唯一一件好事，贏得了平民百姓們的尊重和支持。施耐庵可能出於一片愛國之情，並未讓梁山一百零八位大俠損折一人，其傳奇筆法，我輩尚能理解。

抗擊大遼是梁山軍成為正規部隊打的第一仗。除了顯示梁山軍的愛國精神，在道德上站穩腳跟，是不是還有其他的用意呢？我想肯定是有，很重要一點是，想藉此事告訴大宋皇帝，你收編我們絕對是件好事，關鍵時刻我們能為國家出力。同時也向整個國家展現了自己的實力，梁山軍絕對是一支王牌部隊，小看不得。

但我從江湖的角度來看，施耐庵安排宋江的梁山軍抗擊大遼，多少帶了一點無奈和可惜，並不是說抗擊大遼不對，抗擊外辱是每個人的義務，梁山好漢們更應該責無旁貸。我想施耐庵的無奈和可惜，大概是來自對社會時局和政權的無奈，以及對宋江們為首的梁山頭領對抗遼目的的可惜。

社會之無奈，我們就不說了，天下烏鴉一般黑，到了什麼時候，不打著燈籠也找不著道。施耐庵對梁山好漢們的惋惜，就在於他們失去江湖好漢們在戰鬥中活靈活現的神采，而成為宋江手下一支饒勇善戰的部隊，之所以會如此，顯然是因為宋江們抗遼的目的所導致。

由於宋江的目的過於自私，完全是為了個人前程，致使梁山好漢們的殺敵動力不足，很少有發揮個人主觀能動性的英雄之舉，這也是為什麼梁山軍抗遼，不如先前的楊家將，後來的岳家軍更受人們尊敬和喜歡的原因。

抗擊大遼，是梁山軍性質徹底轉變後的第一個勝利，以此開局，拉開梁山軍淪為政權走狗的大幕。既是為梁山眾好漢書寫最後一筆光彩的事蹟，也是對江湖好漢們豪俠精神的喪失，最好的憑弔和紀念。一百零八位大俠還在，而他們身上頂天立地的豪俠精神，早已隨著抗遼的硝煙，飄散為北國大地上無影的遊魂。

打破六花陣

鮮花掌聲獻給你

宋江們接受了朝廷的收編，就要聽從朝廷的擺佈。朝廷收編他們，可不是為了請他們大碗喝酒，大塊吃肉，之所以沒有立即將其解散，是因為他們還有用處。社會上還有一大批像他們上梁山時一樣的「恐怖份子」，需要他們去剿滅。

如果說抗大遼是梁山好漢俠義精神迴光返照的話，隨後以政府軍的身分到處征討各地反政府武裝，就徹底喪失了替天行道，除暴安良的精神。從江湖的角度來看，根本沒有什麼可寫的必要。寫他們，還真不如寫一下花木蘭替父從軍，岳武穆冤死風波亭，甚至是七俠五義鬧東京。

自從擊退大遼後，宋江們的梁山軍，其實早已無人喝采。就像一個表演慾十足的過氣明星，拼了老命在臺上手舞足蹈，口乾舌燥，弄得大汗淋漓，氣喘噓噓，臺下觀眾卻昏昏欲睡，沒有一點鼓掌的意思，只好表演一陣就停下來弄點噱頭，發嗲賣乖，死皮賴臉向觀眾要鮮花、要掌聲。有的觀眾可能是不好意思，怕駁了演員的面皮，讓他們臉上掛不住，只好勉強拍一拍手掌，嘴上叫幾聲好，送個順水人情。

我讀九十回以後的《水滸傳》，就有這樣的感覺，不知施耐庵是怎麼想的，也不知道寫這後幾十回的時候，心情如何。宋江們接受朝廷收編後，到處滅寇剿賊，忙的不亦樂乎，但一路看下來，我卻感到索然無味，形同嚼蠟，只得硬著頭皮讀完。

從打蓋州到征田虎，從打死王慶到滅了方臘，挑來撿去，總覺得沒什麼好評論的，無非都是排兵佈陣，打打殺殺。人物也都變成了軍官的形象，或勇猛，或多謀，遠沒有看魯智深拳打鎮關西，武松血濺鴛鴦樓，李逵大鬧元宵節，來得過癮。甚至不如看時遷的雞鳴狗盜，白勝的賭錢玩耍，武大郎賣炊餅等生活細節讓人怦然心動。迫不得已，只好選擇朱武打破六花陣做為代表，談一談宋江的梁山軍改編前後，思想、行為發生的變化，順帶也給一百零八位大俠中，默默無聞的一些人物露臉的機會。

接受朝廷收編以後，宋江感覺自己曲徑通幽、重返仕途的目的已經達到，一下子就露出了梟雄的本來面目，再也沒了仗義疏財，結交天下豪傑好漢，惺惺相惜的心情。把天下豪傑的人頭，完全看成了他的軍功章，所到之處，無論綠林豪傑江湖名氣大小，威望高低，一律誅殺，砍下人頭獻給朝廷邀功請賞。這一變化，徹底暴露了宋江「即時雨」的偽善嘴臉。說他黑，不單是因為面皮黑，而是其心黑，黑了整個的江湖。

無人喝采，就厚著臉皮要人獻花鼓掌，那我們就照顧他們的面子，給點鮮花和掌聲，誇讚一下朱武打破六花陣的這一仗。

朱武雖然也和吳用一樣，是梁山軍的副參謀長，但是在梁山中，卻鮮有露臉的機會，真正見他施展謀略的，好像就是這次打破六花陣。朱武和吳用都是知識份子出身，都是吃軍師這碗飯的。從《水滸傳》僅有幾個細節看，朱武未必不如吳用，他在黑道上呼風喚雨時，吳用還在東溪村當他的鄉村教師。

我們知道，梁山的實際領導體制是宋吳體制。原本就是文人相輕，加上朱武的綽號本身就犯了吳用的大忌，他不受打壓才怪。知識份子玩陰的更厲害，所以朱武就落到「地煞星」堆裡去了，連中央委員都沒混上。只要有吳用在，絕不會有朱武出頭的這一天的，所以朱武也只能跟著盧俊義混了。之所以能給朱武這次表現的機會，是因為宋江這次攻打王慶兵分了兩路，離開了吳用，朱副參謀長才獲得這難得的機會。

朱武所在的這一路，是攻打西京，對陣另一方是王慶的手下奚勝，朱武深知奚勝陣法了得，就先佈下八卦陣，等待奚勝前來受死。奚勝當然不是善類，立刻還以顏色，擺開六花陣與朱武對戰。我看了半天，除了楊志被圍困山谷以外，實在沒看清朱武是怎麼打破六花陣的，後來據爆料說是多虧馬靈使用的金磚術。看到這裡，我不由得笑了，茶水噴得滿書都是。

施耐庵太有趣了，哪有什麼梁山軍剿匪，分明是寫梨園唱戲，奚勝就是梁山戲子們唱戲買通的觀眾。他見盧俊義和朱武等人在戲臺上八卦來八卦去，就是不上來獻花，朱武一看無人喝采，於是就用金磚收買了奚勝，才換來鮮花和掌聲。其實四下裡一看，觀眾早就散場了，冷清清只剩戲子們買通的觀眾。

這時我才明白，江湖，只在戲臺上，只是一個無人喝采的遊戲。

想必施耐庵在寫《水滸傳》後三十回時也很為難，不寫梁山軍東征西討的事例，好像梁山好漢們的命運就是一個喜劇而不是悲劇，不足以表現悲劇的深度。可是寫了又辱沒了梁山好漢們的名頭，江湖來江湖去，到頭來還是為了謀求功名利祿，白白浪費了平民百姓們殷殷期盼之情。

其實整個江湖故事，不過是平民百姓們八卦的故事，一種貧乏生活的補充和調劑，雖然生動有趣，卻大可不必認真。既然施耐庵為我們擺了八卦陣，我們也用不著像奚勝那樣犧牲自己的快樂，非要用點銀子收買，才肯給點鮮花和掌聲，不就是要點人氣，增加點擊率就是。與人快樂，自己快樂，大家高興，才是真的高興。這樣一想，就沒什麼想不通的了，不管是宋江們對決田虎還是王慶，哪怕最後滅了與他們同為江湖豪傑的方臘，也都不過是說書人閒來無聊八卦的熱鬧，與平民百姓們的柴米油鹽關係不大。戲臺上只要熱鬧，狗咬狗還是人咬狗，隨它去就是，看了，只管哈哈一笑即可。

話雖是這麼說，施耐庵顯然比我嚴肅多了，整本《水滸傳》他都在苦口婆心地告誡我們，平民百姓的命運，只有依靠自己，江湖豪俠不行，文人士大夫不行，統治階層更不行。他們都是拿平民百姓們的命，來成全自己的名聲和地位的。世上本沒有什麼江湖，那只不過是受慣了欺壓的平民百姓們，心中建起的一個情感垃圾場，畢竟有無數的精神垃圾，無處傾倒。

打破六花陣，讓我們把遍地的鮮花，獻給人生舞臺上，那些辛苦表演的生旦淨末丑吧，不管到頭來是喜劇還是悲劇。

我兄弟身高八尺
我們不唱單身情歌
老大

第四章

男人的江湖

——斷背不是無奈的選擇

七星聚義　打劫靠結團

既然能稱得上江湖人物，誰沒幹過打劫綁票的黑社會勾當？很多人就是透過這事情，轟動天下，揚名立萬的。打劫綁票的人，在江湖上還有另一稱號，叫綠林響馬。做此勾當的人，都自稱好漢，一方面是為自己壯膽，另一方面是為了嚇唬對方，最重要的是道德上覺得理虧、心虛，這樣一喊就覺得自己有理了。

打劫和小偷小摸不一樣，小偷小摸的目標越小越好，一般都是獨行俠，打劫卻要面對面。一個人是鬼，兩人是神，三個人就天不怕地不怕了，所以打劫都愛成群結夥，因為人多勢眾，很容易把對方打敗。晁蓋幫打劫生辰綱，是《水滸傳》裡最大一票打劫案，幹的非常漂亮。說到漂亮，不是因為他們敢打敢拼，而是因為他們巧取而不是硬奪，硬奪就是比力氣，那就沒什麼好玩的了。

最先知道有生辰綱這筆橫財的，是吳用，此人肚子裡有點墨水，自認為是知識份子，可是不安於本職工作，沒事就看著天，總想著憋足了嗓子喊一聲，一鳴驚人，張開兩手飛起來，一飛沖天。他聽說有一夥押運財寶的官差要路過這裡，心想要是能弄到手，一輩子也不用窩在鄉下當個孩子王。

可是打劫這事，他知道自己做不了，沒那膽，也沒那力氣。這時他想起了一個經常在一起喝酒的哥們，於是決定去找他。

這個人就是東溪村的村長晁蓋，他是一個黑白兩道通吃的人，不僅黑道上玩得轉，在白道上至少在鄆城地界也是呼風喚雨的。《水滸傳》上說他：「專愛結識天下好漢，但有人來投奔他的，不論好歹，便留在莊上住；若要去時，又將銀兩齎助他起身。」所以吳用想打生辰綱的主意，還得要靠著晁蓋這棵大樹。恰巧，無業遊民劉唐聽到了生辰綱的消息後，也來到東溪村找晁蓋。吳用覺得人手不夠，又拉來石碣村的漁民阮氏三兄弟入夥。

正當六人偷偷摸摸商量這事情的時候，公孫勝這個神棍也趕了來，七個人一拍即合，當即燒香磕頭，結拜為異姓兄弟。別小看了這結拜，江湖的哥們義氣，就是從結拜上來的。過去是大風起兮雲飛揚，打不過你就喊娘，自從有了結拜兄弟，世風立刻轉變，風蕭蕭兮易水寒，叫來兄弟將你打殘，不是我不放過你，是兄弟們不答應。這種民間惡勢力的組合方式，來源於三國時代的劉關張桃園三結義，是大耳賊劉備開了這個壞頭的。

說起三國劉備，此人野心很大，膽子很小，動不動就哭鼻子，為了給自己壯膽，就想把關羽和張飛拉下水，當他的手下，保護他的安全。為了讓這兩個大漢聽自己的，劉備在三個人一起飲酒的時候說，我們雖然不是一個娘所生，但感情這麼好，要不我們就當親兄弟一樣相處如何？劉備之所以這樣說，是因為他知道三人中他年齡最大，論起來他就是大哥，那兩個傻蛋就得聽他的。關羽和張飛哪能想到這一層，酒喝多了，腦子一迷糊，當場就答應了。

晁蓋也覺得要一起幹這麼大的事，還是結拜成兄弟比較牢靠。於是他命人擺上酒肉，點上香，七個人跪倒磕頭，對天發誓，成了結義兄弟。就這樣，晁蓋成了老大，大家都聽他的。在結義之前，晁蓋曾夢見了北斗七星，說是應在了這件事上，所以叫七星聚義。又說還有顆流星從北斗星旁劃過，他們又找到了白勝那個小老鼠。就這樣，一個以晁蓋為首的東溪村犯罪集團就形成了，目標就是生辰綱。

這些人結拜成了兄弟，膽子就變大了，跑到黃泥崗，組團矇騙押送生辰綱的楊志。這個點子是吳用出的，他先是讓白勝去賣酒，然後其他人裝作販棗客商預先在黃泥崗上等候，並設法把蒙汗藥放入酒裡賣給楊志等人，將其弄得昏迷在地，然後奪取財物。楊志這些人果然上當了，喝下白勝下了蒙汗藥的酒，一個個動彈不得。晁蓋幫趁機把生辰綱調了包，推起小車就跑了。

這就叫巧取，一個巧字，就告訴天下好漢，打劫，不僅要靠力氣，更要靠腦子。可是反觀吳用的這條計策，也有很大的漏洞。他根本沒有考慮好如何全身而退，赤髮鬼劉唐紅髮而且有塊朱砂胎記，這個明顯的特徵，很容易被指認出來。白勝是當地的一個小混混，當地警方只要查，就能查出來。事實上最後就是白勝把所有人都牽了出來。晁蓋是當地知名人物，這樣的工作顯然不適合他親自動手，他果然在客店冒充販棗客人時被何清認出。再者說，梁山好漢都是心狠手辣、殺人不眨眼的人，劫了這麼大一筆財物，已經是死罪了，應該把楊志等人殺了滅口才符合好漢們一貫的做法，但這件事上卻又出奇的善良。總而言之，生辰綱被晁蓋等人劫走，想不事發都難。

以晁蓋為首的七人結拜成兄弟，被施耐庵定義為七星聚義，這對水泊梁山和江湖來說，是一等一

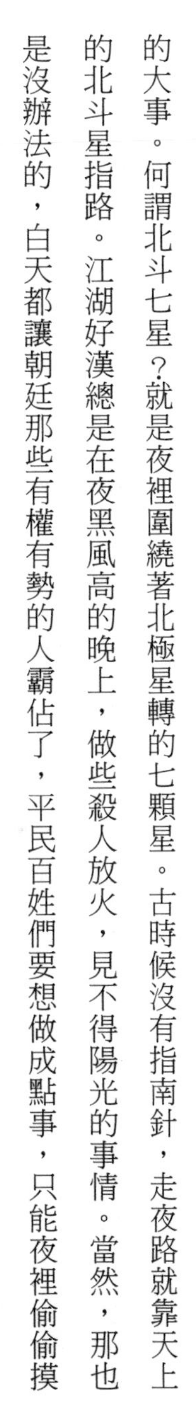

的大事。何謂北斗七星？就是夜裡圍繞著北極星轉的七顆星。古時候沒有指南針，走夜路就靠天上的北斗星指路。江湖好漢總是在夜黑風高的晚上，做些殺人放火，見不得陽光的事情。當然，那也是沒辦法的，白天都讓朝廷那些有權有勢的人霸佔了，平民百姓們要想做成點事，只能夜裡偷偷摸摸地進行。這也只是說那些膽大的，膽小的只能待在家裡。

施耐庵的用意很明顯，七星聚義，說白了就是指明了一條江湖的方向。水泊梁山有兩個方向，一個是指向江湖的聚義方向，一個是指向朝廷的忠義方向。以晁蓋為首的七星聚義，代表了水泊梁山的江湖方向，所以晁蓋活著，水泊梁山就是江湖，上梁山就是為了聚義，就是為了與大白天橫行霸道的惡勢力對決。

江湖，是義氣的江湖，也是意氣的江湖，它是社會規矩的破壞者，註定要在黑夜裡潛行，除了北斗七星，沒有什麼能為其指明方向。

武大郎賣炊餅
我兄弟身高八尺

武大郎哥哥，算不上江湖英雄好漢，就是一個卑微的草民，他比螞蟻還渺小，螞蟻還能成群結隊，有集體的力量可依靠，而他只有一根救命的稻草，那就是他的弟弟武松。大郎哥哥長的身材矮小，模樣醜陋，最多也就是給別人的視覺造成一點不良的衝擊。就是這麼一點害處，世人也不能容他，也會對他大吼一聲：「趕緊從我眼前消失，我再也不想看到你！」這就是一個平民百姓的命運，沒有誰會拿他的生命當回事。

我之所以把大郎哥哥看成江湖人物，源於我對大郎哥哥情意的尊重。大郎哥哥是個有情有義的男子漢，一個人辛辛苦苦把弟弟武松拉扯大，這樣的艱辛，對於一個身體殘疾的人來說，是不可想像的。他對待老婆潘金蓮，也是精心呵護，含在嘴裡怕化了，捧在手心怕摔了，然而，就是這麼傾心呵護的鮮花，卻是一棵大毒草，輕易地就要了他本來就卑賤的小命，還搭上了自己兄弟一生的前程。這不是大郎哥哥的錯，也不是他老婆金蓮大嫂的錯，說白了還是命運弄人，不該得到的，得來了，憑自己的實力和水準實在是駕馭不了，有點承受不起的意思，尤其男女之情，匹配還是很重要的。

武大郎哥哥用弱小的肩膀，挑起了一家人生活的重擔。他在陽穀縣大街上賣炊餅，買賣應該說不上好，也說不上壞，反正能維持一家兩口的生活。他老婆潘金蓮本來是一個有錢人家的保姆，因為拒絕了男主人的性騷擾，才被迫嫁給了武大郎哥哥。常言說，由儉入奢易，由奢入儉難。過慣了寬裕生活的潘金蓮，一時間還難以讓心情平靜下來，生活境遇的落差必然帶來心理的落差，這讓她覺得抬不起頭，所以她就閉門在家，把自己的心封凍起來。

大郎哥哥也不是不曉得這一點，他也沒有別的辦法，只能拼命賺錢，希望能給老婆多一點物質滿足，拴住她的心。大郎哥哥也時常對老婆講一講他的弟弟武松，身高八尺，力大無窮，藉此給自己增加點自信。他之所以把弟弟掛在嘴邊，一來為弟弟驕傲，儘管自己長得很抱歉，沒個人樣，但弟弟英俊瀟灑，頂天立地；二來也是為自己壯膽，嚇唬那些欺負他的人，「別動不動就欺負我，小心我弟弟來了扁你，出來混，總是要還的，我收拾不了你們，我弟弟行。」和他一起做小買賣的攤哥，聽大郎哥哥說這話，耳朵都聽出了繭子了，但他沒有見過，自然就當了耳邊風。

有一天，大郎哥哥的弟弟武松終於回來了，還帶回了一世英名——打虎英雄，這可是了不得的事。兄弟團聚，了卻思念之情，打虎成名，也為自己找到一份工作，沒有比這更圓滿的事情了。可是成了名人，也有名人的壞處。武松弟弟本來就長得高大瀟灑，是一個大帥哥，突然間又成了英雄，哪個粉絲見了不欣喜若狂？何況他的嫂子。武松的出現，與大郎哥哥反差太大，沒當場把他大嫂炫暈了，就已經說明金蓮大嫂的定力相當可以了。

武松的出現，就像一道閃電，劈開了大嫂潘金蓮緊閉的心扉，閃露出一絲亮光，吹進了一縷春風。原本，大嫂潘金蓮就是一個經歷了風雨的人，如今看到了彩虹，怎能不為伊消得人憔悴呢？這也怪不得金蓮大嫂，誰讓他武松長得這麼帥，並且還是單身一族呢？單身一族不可怕，窩在家裡也沒人騷擾，可是出來引人注目就不對了。尤其不可饒恕的是，他還和金蓮大嫂一張桌子上共進燭光晚餐，這不是存心讓他大嫂春心蕩漾，想入非非嗎？

當大嫂潘金蓮的挑逗變得赤裸裸時，武松弟弟當場就爆了粗口，「休要這般不識廉恥。倘有些風吹草動，武二眼裡認得嫂嫂，拳頭卻不認得嫂嫂！」簡直想把潘金蓮的皮剝了，讓人家的自尊蕩然無存。被愛傷透了心的潘金蓮在武松那裡碰了一鼻子灰後，一個既能給她生理慰藉，又能給其心理慰藉的西門大官人乘虛而入。此人是個泡妞的高手，潘安的外貌，似鄧通有錢，綿裡針忍耐的性格，閒工夫他都具備。碰上如此的人物，別說是潘金蓮，就是林妹妹也抵擋不住愛情的攻勢。

當武大郎得知妻子紅杏出牆以後，這位老實的男人一定非常痛苦，他意外地得到了這樣一個美女，自己起早貪黑做小買賣來供養她，沒想到妻子卻給自己戴了綠帽子。但是感情是勉強不來的，潘金蓮根本不愛大郎哥哥，大郎哥哥企圖靠自己對妻子的小心愛護來感化她是難以生效的。套用現在的話說，大郎哥哥和金蓮大嫂的婚姻出現了極大的危機。

如何解決這一危機？大郎哥哥選擇了大部分男人都會選擇的方法——捉姦。可惜這個懦弱、矮小的男人碰到了清河縣有錢有勢的西門大官人，捉姦不成反被踢傷。悲憤交加的大郎哥哥此刻想起了他的救命稻草武松，於是半威脅半善意地提醒道：「我的兄弟武二，你須知他性格，倘若早晚歸來，他肯干休？若你肯可憐我，早早服侍我好了，他歸來時，我都不提。」

家有利器不可輕易示人，這不是提醒潘金蓮等人及早除掉自己嗎？病人口入，禍從口出，大郎哥哥萬萬不該說這樣的話。他應該將計就計，因為自身是弱者，無故放狠話，不掂量掂量自己當時的處境是十分危險的。大郎哥哥在一次次錯過求生的機會後，最終被潘金蓮灌毒藥害死。他也用生命換來了一個教訓：如果我是弱者，我就一定要有毒牙。當鬥不了勇時，就一定要鬥智。

火拼王倫

真的勇士，敢於直面閒談的人生

王倫老大拒絕晁蓋幫落腳梁山，要我看，怕得有理。這些江洋大盜劫了大名府當局的生辰綱，有膽惹，沒膽撐，被捕快們追得屁滾尿流，最後跑到梁山上來藏身避風，要我看也不會給王倫老大帶來什麼好處。僅窩藏朝廷通緝的要犯，就夠他吃不了兜著走的，早晚會引來政府軍前來剿匪，自己也脫不了關係。再說，把這幾個殺人越貨的罪犯放在自己的家裡，他們人多勢眾，怎麼能彈壓得住？遲早會奪了屁股底下的交椅，佔了自己的山頭。

當然，王倫到死也不相信，晁蓋幫沒有對他痛下殺手，反而是他的部下，也是磕了頭，喝過雞血酒的兄弟，黑了他一把，背後捅了刀子。

其實，王倫拒絕別人上山入夥，並不是第一次，對他下黑手的林沖，當初也是被他拒之門外，理由和拒絕晁蓋幫一樣。但那次他意志不堅定，沒有守住自己的底線，結果就埋下了今天這顆定時炸彈。在這次火拼中，真說不出王倫有什麼錯，窩藏朝廷通緝的要犯，還說不定被這幾個要犯日後鳩佔鵲巢，霸佔了自己的老窩，這事擱誰身上，都得掂量掂量。而林沖的做法，就多少有些不道地了，自己也是捕快追捕的要犯，不僅沒有報答王倫的收留之恩，反而胳膊肘向外拐，殺了自己的老大，怎麼說都有點賣主求榮，忘恩負義的嫌疑。

火拼的場面說不上精彩，就是吳用設計了一個圈套，鐵了心要賴著不走，他們知道，只要敢走出這水窪一步，等待他們的就是天羅地網。於是他們就決定在王倫的告別宴上來一次政變，殺了王倫，奪了他的交椅，自己人來坐。他們之所以沒敢輕易下手，主要是心裡沒底，忌憚林沖的武功。

後來吳用經過觀察和瞭解，慢慢看出林沖並不是王倫的死黨，就是不當自己的幫手，也絕不會站在王倫那一邊。他們沒想到事情會那麼順利，關鍵時刻林沖站了出來，給他們打了個援手。林沖的叛變，常為人們津津樂道，認為他正直、勇敢、嫉惡如仇，可是他對王倫背後捅刀子，不僅不是什麼好漢行為，反而說明了他心胸狹窄，為一點小事就懷恨在心，出賣了整個集團的利益。勇猛倒是勇猛，但所謂的義氣純粹就是胡扯瞎說，王倫遇到這麼樣的兄弟，被滅了實在是活該。

王倫的悲劇在於，自己當了強盜卻還是用書生的手段來辦事。綠林盛行的是赤裸裸的暴力至上原則，大魚吃小魚，小魚吃蝦米，成王敗寇天經地義。當然，加上智謀的暴力就更加厲害了。書生讀過書，有計謀，有自己的獨立思維，別的強盜更害怕他們，逮住機會就會消滅他。

對於晁蓋幫來投奔，王倫只有兩種選擇：第一種選擇就是一開始就不接納他們；第二種選擇就是開門納英雄。這兩種選擇王倫都做了，但是都沒有做透、做徹底。做了前一種選擇卻沒有相應的對策，做了第二種選擇也沒有氣度與自信，他要不被火拼，這江湖還叫江湖嗎？這也告訴我們，做為一個書生，要嘛就不當強盜，如果選擇當強盜就要比普通強盜「厚黑」數倍，否則死無葬身之地。

王倫棲身梁山，不能算是佔山為王，只能算是落草安身，找個臨時落腳點。他是一介書生，就是所謂的知識份子，江湖有個外號叫白衣秀士，他並沒有稱霸江湖揚名立萬的野心，不過是暫時落腳，過一天算一天，等待有朝一日重返社會。即便棲身梁山，也是個偽江湖。

所謂的白衣秀士，就是一個沒有考上科考的落榜生，做不了什麼營生，跑到梁山混日子來了。他的名字王倫，就是王道倫常。施耐庵寫他和林沖火拼，其實就是寫文化和武力的一次大衝突，結果以文化被武力消滅，江湖趁機脫穎而出來結束，為江湖的初步形成，做好了鋪墊。

文化被踐踏，武力自然就會盛行，以暴制暴，造成社會日漸混亂。說起大宋朝那些事情，總是讓人提不起精神。在梁山好漢們的時代，本來選拔官員的制度是揚文抑武的，可是發展到了後來就亂了套，高俅和童貫等人發了跡，掌握了軍政大權，就開始裙帶提拔，沾親帶故都能混個官當當，而那些擁有高學歷的知識份子們，卻因為沒有關係，不會請客送禮走後門，都靠邊站了。

文憑不值錢，文人也就沒了地位，斯文掃地，像王倫那樣的落榜生，當官已經沒有指望，也就只好跑到山頭水窪裡混跡於土匪行列，勉強為生。文人們進不得江湖，當不了好漢，就算偶爾失足落水，命運也會像王倫那樣，早早被清除和抹去。文人的出路一般有兩條，主要的道路就是去朝廷裡當官，和人鬥心眼，實在沒本事當官，就給人家當師爺或者當老師。還有另外一條小路，這條小路很少有文人走，那就是隱居，退隱於江湖，而不是笑傲江湖，說白了就是在江湖裡藏身。王倫躲在梁山，不過是文人的隱居罷了，可惜，被晁蓋幫給挖了出來，被林沖給消了戶口。林沖和王倫這次大火拼，其實就是武力對文化的一次清盤，這為江湖騰出了一塊很大的空間。

梁山射雁
是投名狀更是下馬威

花榮是宋江的粉絲，宋江殺人犯了事，逃到外地躲藏，先躲到柴進那裡，認識了武松，後來又到了孔家莊，聽說花榮往他家寫了幾封信，打聽他的下落，就決定去花榮的清風寨。不巧，路上遇到清風山佔山為王的小矬子王英，搶了清風寨知寨的老婆要當壓寨夫人，被宋江連哄帶騙，才把那知寨夫人放回去。

沒想到宋江到了花榮的清風寨，被知寨夫人認了出來，連帶把花榮也一起騙了來，準備押到青州，邀功請賞。後來，燕順把宋江和花榮救了下來，接著宋江又將秦明、黃信等人拉下了水，一起去投奔梁山。半路上，宋江接到了家書，信上說自己的爹死了，於是他急急忙忙給梁山寫了一封推薦信，就跑回去奔喪了。

宋江離開後，花榮他們只好拿著他的推薦信，硬著頭皮去投奔梁山。到了梁山，晁蓋還挺講義氣，收留了他們，在喝酒聊天時，有人說到了花榮高超的射術，但晁蓋不以為然，認為是吹牛。喝完了酒，眾人出來閒逛，來到梁山第三關的時候，天空傳來一陣大雁的叫聲。花榮決定露一手給眾人瞧瞧，也好讓他們長長見識，日後對自己尊重些。

想到這裡，他拉弓搭箭，對眾人說：「看到天上的大雁沒有？我要射第三隻大雁的腦袋，如果射不中，你們權當看了個笑話。」說完，嗖地一聲，朝空中射去。果然，雁陣裡的第三隻雁一頭栽了下來，掉在地上。眾人拿起來一看，箭正好射中了頭部。從此花榮一射成名，成了水泊梁山最耀眼的新星。

讀《水滸傳》，花榮是一個很重要的人物，是宋江核心圈裡的人，以致於他陪宋江陪到了最後。自從他上了梁山之後，但凡重大的軍事活動，都少不了花榮的參與，而且常常放在中軍或者先鋒這樣重要的位置上。可是他卻很少衝在第一線，主要的任務似乎就是躲在暗處放一放冷箭，負傷掛彩的事情當然輪不上他，但每次論功行賞，他肯定會拿到很大一筆分紅。這是為什麼呢？原因很簡單，因為他與宋江關係密切。花榮是宋江的忠誠兄弟，宋江殺人潛逃，第一時間想到的就是投奔他。而花榮為了搭救宋江，連官也不做了，什麼都肯豁出去。小弟如此忠心，大哥當然不會虧待的。

花榮射雁，絕不是一般的炫耀本事，這一箭大有講究，與後來的燕青秋林射雁遙相呼應。施耐庵設此迷局，一定藏有祕密。

首先，說一說為何射雁。花榮射雁，明顯是向晁蓋幫示威，由於他們是以宋江的名義上山的，這麼一來，即使把梁山泊原有的十二個舊頭領都算作是晁蓋的人，唯宋江馬首是瞻的新人也足可以與舊人相抗衡。因而花榮是為了顯示一下宋江幫也不是等閒之輩。更深層次的說，這次入夥奠定了日後宋江在梁山泊的重要地位。

其次，說一說花榮等人上梁山的意義。這夥人是宋江拉上來的隊伍，以軍隊叛變的官兵為主，暗示著從此以後，梁山開始由打家劫舍的土匪流寇向攻城拔寨的軍事部隊轉變，為梁山建設正規軍，打下了底子。

再次，說一說為什麼要在第三關上射雁。王倫是梁山的第一任首領，晁蓋是第二任首領，第三任就是宋江，闖過了前兩關，第三關就是宋江的天下了。第四，說一說為什麼單射第三集大雁。宋江排行老三，射落第三隻，預示著他將執掌梁山大權，因為射落的這隻雁，落在了梁山上。

最後，說一說為什麼單單要射雁頭。梁山好漢們第三次出征，將折損自己的頭領。第一次攻打祝家莊，第二攻破高唐州，第三次攻打曾頭市，晁蓋中箭而亡，而且恰恰被毒箭射中了眼睛。這也是對晁蓋不相信花榮箭法，而導致花榮這一箭的因果呼應。

花榮這次露天射雁的表演，施耐庵沒有安排宋江在場，讓他藉故迴避，因為按照宋江對燕青秋林射雁的斥責，他在場氣氛會很尷尬。如果他要是阻止花榮射雁，那後果就無法設想了，因為花榮不射雁，梁山後來的那些傳說和故事，不就跑到另一條岔路上去了嗎？

施耐庵寫進「水滸」裡的大雁，可不是普通的南來北往的候鳥，據宋江在燕青秋林射雁後的爆料，大雁具備了仁義禮智信五常的仁義之禽，說白了就是仁義的象徵。那次射雁，讓宋江後悔不迭，雖然這次射雁，事後沒有聽到宋江的評論，但如果他在場，你說他是讓花榮射這一箭還是不射呢？也許鑑於此，施耐庵乾脆就讓宋江迴避了。

其實這一箭射出，也預示了水泊梁山的性質開始發生轉變，由好漢們聚義的江湖，逐漸向忠義的正規軍發展變化的開始，是江湖漸行漸遠，慢慢消失的徵兆。

花榮射雁與武松打虎、魯智深倒拔垂楊柳、燕青打擂不同，這一箭是射向江湖的第一箭，也是射向水泊梁山的第一箭，從他射出這一箭開始，水泊梁山內部的爭鬥，就拉開了序幕。這一箭，也暗示了晁蓋幫的日漸失勢，宋江幫的迅速崛起。此刻的江湖，已經不再是純淨的江湖，朝廷的廢水已開始大量排入，很快就會把江湖變成一個污濁的臭水坑。

宋江幫的到來，由花榮的這一箭宣告開始，我估計晁蓋到死也不會相信，宋江幫來勢這麼猛，這麼不可阻擋，瞬間就讓他的江湖大義，成為了過眼雲煙。正如吳用感嘆的那樣，「休言將軍比李廣，便是養由基也不及神手！真乃是山寨有幸！」但要依我看，確實是山寨之幸，但更是江湖的不幸。

白條戲水
兄弟我不缺錢

宋江被判刑後，押往江州監獄去服刑，押解的路上，結交了很多地痞流氓，其中就有張順的哥哥張橫。到了江州大牢裡，又托吳用的關係，走了監獄長戴宗的後門，所以在此生活頗為自在。宋江見了戴宗，兩人便相約到城裡酒店喝酒，還沒開喝，聽見樓下鬧了起來，原來是黑旋風李逵正向酒店老闆訛錢要去賭博。李逵是戴宗的跟屁蟲，戴宗是宋江的粉絲，所以李逵也特別崇拜宋江。今天一見，宋江果然是個大好人，一見面就給了他十兩銀子，還說：「都是兄弟，什麼還不還的，拿去花就是。」讓李逵還挺不好意思。

李逵拿了宋江給的十兩銀子，心裡就想，「這個人太講義氣了，我以後就跟他混。可是這麼好的哥們來了，我得表示表示，不如先拿這十兩銀子賭一次，贏了錢請這位大哥喝酒，也顯得有面子。」

想到這裡，李逵就衝進了賭場，押上了那十兩銀子，可惜賭的骰子很不給他面子，好像故意要給他難看一樣，連押兩次都輸了，十兩銀子打了水漂。李逵一看這太丟人了，沒了錢怎麼請大哥？

於是他就把眾賭徒打翻在地，搶了他們的銀子，還叫囂著說：「以前我賭博講信用，今天就不講一次。」

平日裡，李逵混吃混喝習慣了，今天想抓點面子，偏偏賭運不給他面子，也難怪他連平時的信譽都不顧。

宋江聽見他的打鬥，再一次顯現大哥的風度，說：「以後花錢，只管去我那裡拿，不要搶人家的，把錢還給人家，我請你去喝酒。」李逵只好把錢還給了眾人，跟著宋江到江邊上的一個酒樓喝酒。但是他心裡覺得很窩囊，不僅沒有請大哥喝成酒，還把大哥給的十兩銀子輸掉了，便決定去弄條大魚來給宋江做魚辣湯醒酒。

可想而知，李逵根本沒銀子，他去弄魚，就是去搶魚。他找到魚販子就動手搶，而那些魚販子也都是道上的，全靠著欺行霸市發財，怎麼能容許他來黑吃黑，於是趕緊找來他們的老大，黑社會頭子張順。

張順長的特別白，水性好，能在水底趴上七天七夜不動彈，江湖人就送給他一個外號，叫「浪裡白條」。他既然水性好，腦子就灌不進一滴水，所以有點小聰明，他把李逵誆騙到船上，弄暈後扔到了江中。

隨後開始給他一陣猛灌，兩人一黑一白，在江水裡翻騰，差點沒把李逵給嗆死。多虧宋江說出張順的哥哥張橫的名頭來求情，張順才放過了他。李逵灌了一肚子水，沒了脾氣，酒桌上反而和張順稱兄道弟起來，說什麼不打不相識。

張順戲耍李逵，博得了魚販子們無數的鮮花和掌聲，大呼過癮，解氣。有人說，這是江湖上的一次黑吃黑，要我看不是，施耐庵寫這個細節，也是有自己想法。張順雖然長了一身的白肉，卻是一個典型的黑社會老大，他的黑幫控制了整個魚市的買賣，靠著惡勢力控制市場來發財。

而李逵恰恰相反，雖然生得黑熊般一身粗肉，鐵牛似遍體頑皮，喜歡賭博耍錢，卻是一個抱打不平的好漢，從不成群結夥欺壓百姓。就是賭博，也是非常講信譽，除了這次為了掙點面子搶賭資外，都是願賭服輸的。最為重要的是，他現在的身分是一個員警頭目。兩個人的對決，在表面上看，這是一次偶然的事件，實際上不然，這是黑白兩道的一次大碰撞，最後以黑道戲弄了白道結束。這說明了單打獨鬥、行俠仗義的江湖好漢，玩不過成群結夥、欺壓百姓的黑社會，正義這東西，永遠不是邪惡的對手。

這件事還有一個重大的祕密，可能被眾多的粉絲所忽略，那就是對宋江的影響。在來江州監獄的路上，宋江已經見識過黑幫的厲害，這一次他看到黑道戲弄白道的人就和玩耍一樣，便對惡勢力更加高看一眼。從此，他開始大量拉攏收買惡勢力，把他們拉入水泊梁山，成為他的一股重要力量。以張順為代表的惡勢力進入梁山泊，是宋江引入梁山的第二股力量，這樣有了軍隊的力量，再加上黑社會的力量，宋江未上梁山，就已佔得先機。控制梁山的大權，也就是時間的問題了。

本來，晁蓋領導的水泊梁山，是一個清純的江湖，乾淨的江湖，自從宋江引進了軍隊這股污水，就開始變得污濁，後來又排放黑社會這股巨大的黑浪，水泊梁山這個江湖，就完全變成了一個臭氣熏天的爛泥塘。雖然日後吳用拉來了金大堅、蕭讓、樂和等藝術人才，妄圖給江湖弄點香氣，擦點胭脂，遮蓋那些穢氣，無奈那點芳香根本不起作用，清清爽爽的江湖，已經變成了人人掩鼻的垃圾坑。

張順戲弄了李逵，黑道戲弄了白道。江湖俠義之道抵不過欺壓善良的惡勢力，平民百姓們心裡清純乾淨的江湖，也許壓根就不曾存在。天下，永遠是強權和惡勢力的天下，他們不缺權，他們也不差錢。

從這件事上可以看出，施耐庵哪裡是讓宋江去江州坐大牢，分明就是安排他下江南，一路招兵買馬，為他日後梁山奪權，顛覆江湖，積蓄力量。

阮氏三雄
我們不唱單身情歌

阮氏三兄弟在水泊梁山的地位很特殊，他們是晁蓋的粉絲和依靠，是晁蓋幫的核心力量，與宋江一直貌合神離。阮氏三兄弟分別是阮小二、阮小五、阮小七，他們連正式的名字也沒有，身處最底層，卻因打魚和水上功夫的技藝十分出眾，被譽為「阮氏三雄」。當王倫不准漁民到梁山泊打魚時，阮氏兄弟的生活陷入了絕境。他們又嗜好賭博，不善計算，賭運又差，常賭常輸，經濟上陷入赤貧。吳用和晁蓋計畫打劫生辰綱，第一個想到的就是阮氏三兄弟。

三阮落草的動機很單純，只求暢意吃喝。他們窮怕了，窮急了，非常羨慕有吃有喝，瀟灑自在的人。在阮小五的心裡，以王倫為首的梁山強盜就是他學習的對象，他曾說：「他們不怕天，不怕地，不怕官司；論秤分金銀，成甕吃酒，大塊吃肉，如何不快活？我們弟兄三個空有一身本事，怎地學得他們！」阮小七甚至說：「『人生一世，草生一秋！』我們只管打魚營生，學得他們過一日也好！」阮小二也說：「如今該管官司沒甚分曉，一片糊塗！犯了彌天大罪的倒都沒事！我兄弟們不能快活，若是有肯帶挈我們的，也去了罷。」

他們本想上梁山入夥，但聽說「王倫心地窄狹，安不得人，前番那個東京林沖上山，嘔盡他的氣。王倫那廝不肯胡亂著人，因此，我弟兄們看了這般樣，一齊都心懶了」。阮氏三兄弟一直痛感無人能夠賞識他們的本領，提攜他們走搶劫致富道路，所以吳用介紹晁蓋等欲劫生辰綱，邀請他們入夥，雙方一拍即合。

施耐庵寫《水滸傳》，主要是寫男人們闖蕩江湖的事情，好像不好意思寫他們的家庭生活。雖然有些好漢也是有老婆的，但他們只有事業，沒有愛情。在梁山一百零八位大俠中，大多都是不找女人的單身漢，除了寫王英沒出息，喜歡找女人外，其他人好像都是無情無慾，一心只想打打殺殺。即便是革命隊伍裡有三個女人，也都是舞槍弄棒，殺人越貨的巾幗英雄，都不會兒女情長。難道江湖真的就沒有男歡女愛，詩情畫意了嗎？

如果你真這麼想，那就上了施耐庵的當了。我們先看看阮氏三雄，都是些什麼人物。阮，完全可以理解成冤，怨，鴛。挑明了說，阮家的哥仨，是受了冤枉，滿肚子怨氣，討不上老婆的三個單身漢。怪不得只有小二、小五、小七，而不見老大、小三、小四、小六。原來是要告訴我們，「愛我妻」，喊出了他們的心聲。本來弟兄三人在水上討生活過日子，外號應該與水有關，像張橫的「船火兒」、張順的「浪裡白條」等，可是三阮的外號卻是什麼「立地太歲」、「短命二郎」、「活閻羅」，跟水一點邊都不沾。現在想起來才明白，他們的水上生活，原來是「睡」不是「水」。外號的意思就淺顯明白多了，立即躺倒地上就睡，睡著太快，睡起來像活閻王那麼生猛，這不是活脫脫的一幅春宮圖嗎？

解開了阮家三兄弟的真面目，我們就知道吳用為什麼要找他們去打劫生辰綱了，原來他們太想撈點外快，發個小財娶媳婦。有了這樣的機會，怎麼能錯過呢？在那個年月，因為貧窮討不上媳婦鋌而走險，闖入江湖的單身漢大有人在，阮家三兄弟就是代表。

阮氏三雄的意思就是鴛式三雄，三個娶不上老婆的單身漢。他們既然是單身漢的代表，他們的行動，大多就與男女私情有關係了。打劫生辰綱，是為了發財娶媳婦，媳婦沒娶成，卻被捕快追捕，只好逃上梁山。晁蓋在梁山當老大時，阮家三兄弟日子過得很逍遙自在，等到晁蓋攻打曾頭市斷送了性命之後，他們的日子就開始不好過了。因為宋江並不喜歡晁蓋幫的人，一般有什麼事也不帶著他們，三打祝家莊，攻打高唐州，都和阮氏兄弟沒什麼關係。當然阮氏三雄在整部《水滸傳》中，也有風光的地方，而且每一次出場，都特別有意思。

古代打仗，就像男人們之間玩斷背，只不是那時候不叫什麼斷背，叫男風、龍陽而已。阮家三兄弟第一次參加大會戰，就是高俅高太尉命令雙鞭呼延灼攻打水泊梁山那一仗。這次交戰，對陣雙方的名字和作戰的地點，想起來就很有趣。水泊梁山是晁蓋坐鎮，即時雨宋江指揮，是守方；政府軍是高俅高太尉下令，雙鞭呼延灼領兵，是攻方。大戰的地點就在梁山水泊的邊上，雙方的攻防戰術是鉤鐮槍大破連環馬。串聯起來看一看，像不像一幅春光無限的雲雨圖？高俅高太尉命令雙鞭呼延灼，使用連環馬不斷衝擊梁山水窪，即時雨宋江指揮阮家兄弟，在政府軍入了水巷，就將他們打了個落花流水。呼延灼擺出連環馬出擊，徐寧就是用鉤鐮槍破敵，最後政府軍大敗而歸。

這次大戰，是梁山泊最高潮的一次。朝廷是陽，江湖是陰，有了這一次陰陽交合，才生下後來水泊梁山招安投降的這一個怪胎。這次高潮以後，晁蓋死亡，應了過把癮就死的說法。

回過頭來再看七星聚義，原來是女人的象徵。北斗夜晚出現，屬於至陰，與白天的太陽這個至陽相對應。他們七人上了梁山，水泊梁山就真正成了江湖，成了女人，成了朝廷玷污的對象。最後被即時雲雨，終於生下了一個招安投降的怪胎，開始幫助朝廷打天下。怪不得宋江要投降，原來是朝廷與江湖通姦的結果。整部《水滸傳》，就是一次天地交合的大曝光。平民百姓們心中的江湖，不過是朝廷強權眼裡的一個小妾而已。

李鬼剪徑
冒牌版小鬼當家

《水滸傳》裡最精彩的模仿秀，就數李鬼了。因為一次模仿秀表演，就讓他一秀走紅，名氣流傳了千古。你得佩服李鬼作秀的能力，那絕對是一流水準，不僅能騙過觀眾和粉絲，連他模仿的主角也能夠騙過，可見其演技之高。

李鬼這人沒什麼名氣和本事，想發點意外之財，確實不容易。有一天，可能是他照鏡子時，突然自己把自己嚇了一跳，原來他長的太像傳說中大名鼎鼎的黑旋風李逵了。恰巧自己的名字又叫李鬼，難道這是老天爺賞給自己一碗飯吃不成？這個意外發現，讓他感覺自己還是個演員的料，只要冒名頂替那個大牌明星李逵，嚇唬一下過路的老百姓，打劫點銀子，那不是手到錢來的事情嗎？

其實，他也沒見過李逵，只是聽說，但聽說就足夠了，反正別人也沒見過，喊出名頭就能把他們嚇到，誰還顧得上辨別真假。於是他根據自己的想像，把自己的膚色弄得和黑炭一般，黏上一把絡腮鬍，弄了兩把大斧頭，往腰裡一別，大搖大擺地鑽進了樹林，幹起了攔路搶劫的勾當。而過路的客商聽見他喊出李逵的大名，真的就乖乖地扔下銀子逃命去了。

再走運的人，也有走背字的時候。這天李鬼又打扮妥當，披掛上陣，他看到小路上走來一個人，就跳出來大喝一聲：「我是你李逵爺爺，快交出錢來！」他原本想，對方一聽肯定會嚇得尿褲子，沒想到那人一聽不僅沒被嚇住，反倒樂呵呵地說：「哪個小鬼冒充我？」

李鬼一聽，覺得大事不好，十有八九是遇到「鍾馗」了，否則他怎麼知道我是「小鬼」呢？當下也顧不得拜真神、辨真假了，撒開兩腿就想跑，沒想到被李逵一把抓住衣服領子，喝道：「冒充爺爺幹壞事，敗壞爺爺的名聲，還想跑？說說，為什麼冒充爺爺？」李逵雖然嘴上發怒，心裡還是偷著樂的，沒想到自己名氣這麼大，都有冒牌版的了。

他仔細打量了一下面前這個人，還真與自己有幾分像。李鬼這個小鬼，看見了真神，連忙撲通一聲跪在地上，一把眼淚一把鼻涕地作秀，哭訴自己家裡上有八十歲的老母，下有不會喝奶的孩子，實在活不下去了，才來打劫的。如果好漢爺爺殺了他，就是製造孤兒寡母的人間慘案。

李逵的腦子本來就進水了，哪裡經得住李鬼的矇騙，聽到他有八十老母，就想到了自己的老娘，不僅沒有揮舞板斧剁了他，還說了一番好話安慰他，臨了還送了十兩銀子做為扶貧捐款。

李鬼心裡簡直開了花，沒想到自己的演技那麼出眾，作秀如此精彩，如此煽情，不僅逃得了小命，還騙來了銀子。於是高高興興地趕到情人家中，沒想到李逵先他一步，來到這裡找飯吃。李鬼的情人正要出門去給李逵買菜，兩人碰了個正著，於是開始嘀嘀咕咕盤算起了陰謀詭計。常言道，沒有不透風的牆，這對姦夫淫婦的話全讓躲在屋後的李逵聽見了。

「真相簡直令人髮指，那個冒充他的小鬼，哪有什麼老娘和兒子？不僅如此，還商量用麻藥加害自己性命。」李逵再也按捺不住，一頭衝了出去，結束了李鬼和他情人的兩條狗命。就這樣一場轟轟烈烈的打假行動宣告結束。可是一個「李鬼」倒下了，還會有新的「李鬼」站出來。如今的「李鬼」又是何等猖獗、何等橫行霸道。他們的模仿技術更加成熟，表演的更加逼真，不管你是什麼樣的大牌明星，轉眼就能模仿得唯妙唯肖，幾乎能夠以假亂真。放眼四周，到處是盜版冒牌版，到處是模仿秀，到處是大鬼小鬼出沒。娛樂自己，娛樂百姓，也許大家樂，才是真的樂。

施耐庵在《水滸傳》裡穿插進這麼一個冒名頂替的小故事，不僅增強了小說趣味性，也使梁山好漢們的形象更加生動了。當然，這不是他的主要目的。這個冒牌版小鬼當家的故事，還有另一層潛在的意思。實際上，施耐庵是在告訴我們，自從劫了江州法場，宋江之流上了梁山，梁山好漢便威名遠播了。以致於那些打著梁山好漢旗號的不法之徒也開始招搖撞騙，為非作歹了。

同時，李逵殺了他的替身李鬼，也告示人們，水泊梁山的好漢們已經開始轉型，不再做那些攔路搶劫之類的小勾當，已經有了更為遠大的理想和目標，向一個正規化的小政府轉變。

當然，也有朋友爆料說，冒牌版李逵事件，實際是指梁山好漢中出了內鬼，李鬼，就是裡鬼的意思。這個說法也不無道理，因為宋江和李逵他們上梁山後，兩種不同的理念和思想就開始了較量，晁蓋幫的江湖，絕不向朝廷妥協低頭，而宋江幫的綏靖政策，卻逐漸向朝廷靠近。就好像真假李逵一樣，真李逵代表宋江幫，要努力爭取朝廷收編，弄個一官半職，混個好名聲；假李逵代表晁蓋幫，要繼續行俠仗義，打家劫舍，走江湖那條路。最終，正版李逵打敗了盜版李逵，也就是「理虧」打敗了「離軌」，預示著宋江幫最後戰勝了晁蓋幫，朝廷路線取代江湖路線。

毒殺李逵

有刀就插兄弟兩肋

任何黑幫老大的手底下都有幾個忠心耿耿的打手，宋江也不例外。他的頭號打手就是黑旋風李逵。這並不是說李逵有多大的本事和謀略，而是因為他具備了一個傑出打手應有的素質。一是對老大忠誠，老大的話就是聖旨；二是兇暴使人感到害怕。按現在的話說，李逵就是一個文盲加流氓式的人物，他將殺人當成遊戲，藐視一切規章制度。施耐庵在《水滸傳》第七十四回寫道，李逵到壽張縣，報出名號就把人給嚇住了，「原來這壽張縣離梁山泊最近，若聽得『黑旋風李逵』五個字，端的醫得小兒夜啼驚哭，今日親身到來，如何不怕！」一般用來嚇唬小孩的總是特別兇惡的壞東西，比如狼外婆什麼的，由此可見李逵在一般平民百姓心目中的形象，活脫脫是一個殺人不眨眼的魔王。

自從宋江在江州監獄裡認識了李逵，就把他當成了自己的兒子一樣看待，對待他與對待任何人都不同。對李逵而言，宋江不僅僅是他的老大，還是他的楷模，他的精神教父。為了老大，李逵可以犧牲自己的一切。平日裡，李逵很少離開宋江，他對宋江既依賴又挑剔，容不得宋江犯下任何錯誤，當然，錯誤與否只是以他自己的標準來衡量罷了。但是，他對宋江的內心世界並不瞭解，只是認準了這位大哥，相信跟著他沒虧吃。

自從上了梁山，宋江再也沒有過扶貧濟困的舉動，當然，他也不再需要這些行動來籠絡人心了。他是一個目的性很強的人，目的達到了，手段當然就不用了，所以宋江的善，並不是發自內心的善，而是一種用錢財來收買人心，沽名釣譽的一種方式而已。

李逵之所以對宋江那麼俯首貼耳，像跟屁蟲一樣忠於宋江，就是中了他出手大方這一招。當初李逵在江州監獄有一份正式工作，平時也算衣食無憂。但是他屬於那種穿上警服是員警，脫下警服是流氓的角色，經常喝酒賭博，自己那點工資根本不夠用。當戴宗把李逵引見給了宋江時，正巧他賭錢輸了，沒想到宋老大二話不說，當即將十兩銀子送上。對於李逵這樣一個頭腦簡單的粗人來說，江湖義氣最終就歸結到「錢」這個字上，給他錢的就是仗義疏財是好大哥。

李逵上了梁山，沒少給宋江添麻煩，他是一個最不遵守組織紀律的人，許多意外發生的事故，都是他引爆的。這樣一顆定時炸彈，宋江能容忍他，自有他的用處。

宋江內心非常清楚，李逵的很多做法，看似給他出了難題，其實正是他內心所需要的。無論是砍折替天行道的杏黃旗，還是夜鬧東京城，甚至扯詔罵欽差，表面看都是李逵惹下了滔天大禍，宋江憤怒異常，眾人求情才法外開恩，最後不了了之。其實宋江並非真的惱怒李逵，砍倒了杏黃旗，讓他看清了梁山眾好漢對其戰略路線的態度，這正是他最需要的，他藉這個事件趁機樹立自己的威信，震懾那些心存異想的人，同時也把自己的戰略思路再一次灌輸給手下的手下們。

大鬧東京城就不用說了，意圖很明顯，用恐怖襲擊來引起當局對水泊梁山的注意，以此來加大談判的籌碼。這一招，至今依然有大量的恐怖組織在使用，宋江當然不會因此責罰李逵。

至於扯詔罵欽差，李逵的貢獻就更大了。首先，宋江藉李逵之手，撕碎了當局的虛情假意，擺脫了自己接詔不接詔都尷尬的局面。他深知，此刻接受招安的時機並不成熟，當局缺乏誠意，兄弟們也不服氣。其次，發洩了梁山眾兄弟心中的不滿，把對招安抵觸的不良情緒都宣洩了出來，有利於隊伍的團結，轉移了眾人對他自身戰略關注的視線。

再次，讓當局又一次認識到梁山的真實情況和嚴重的威脅，提高對梁山的重視指數和談判的誠意。每一次重大關頭，李逵都有不俗的表現，他與宋江一唱一合，無意間就化解了很多難題。

宋江和李逵的關係，最令人不齒的，就是宋江毒死李逵。梁山被招安之後，宋江們終於如願以償當上了不大不小的官。但是「暴力最強者說了算」的規矩總是打破不了的，朝廷還是想將這些梁山賊寇一網打盡。宋江心裡明白，如果李逵一旦知道自己被毒死，他肯定會重新走上黑道，盡一切力量報復。這樣一來，他花費了巨大代價受招安漂白成功就會前功盡棄。

為了自己身後的清名，或者是為了那頂「武德大夫，楚州安撫使兼兵馬都總管」的官帽子不被摘掉，宋江終於在臨死前對這位忠心耿耿的兄弟厚黑了一下，把當局給自己的毒酒分給了李逵吃。可以說沒有宋江就沒有李逵，他的一生同水泊梁山一樣，成也宋江，敗也宋江。

毒死李逵，是《水滸傳》的最後一回。施耐庵在此為宋江和李逵的關係做了這樣的了斷，難道僅僅為了成全宋江的大忠大義嗎？顯然不能這樣理解。李逵這個名字，有「理虧」和「裡潰」的雙重

含意，自從李逵跟著宋江上了梁山，「理虧」也就跟了上來。這個「理虧」，對於江湖來說，當然指宋江的招安策略是理虧的，江湖內部開始潰爛，並一步步走向滅亡。既然宋江死於自己的招安策略，他身上的「理」自然也就消失了。所謂忠義，不過是他為自己辯護的遺言罷了。

吳用、花榮、李逵和戴宗四兄弟，其實就是宋江的四個性格特點和理想的化身。這四個最忠於他的人，除了做為宗法制度化身的戴宗大笑死於泰山腳下的岳廟，以表示宋江再也不相信宗法制度，也就是江湖再也不相信司法制度外，宋江和吳用、花榮、李逵，一起葬在了蓼兒窪，落了個淒涼的結局。他們死後沒有葬在水泊梁山，而是隱身於浩淼的江湖之中，讓搖曳的蓼花，永遠遮住他們的身影，成為了一個傳說，一個平民百姓們茶餘飯後聊不完的話題。

我是王英
妳就從了
老衲吧
鮮花為什麼總是插在牛糞上？

第五章
女人的江湖
——生活就是生出來，活下去

潘金蓮
出軌是為了走上正軌

情愛這個東西，不是病，可是發作起來還真能要人命。《水滸傳》裡描寫風月的地方不多，好像那些英雄好漢天生都是不屑於男女之愛，不懂得魚水之歡。在寥寥可數的女人中，除了林沖娘子這樣的貞節烈婦外，其他的不是如孫二娘、顧大嫂那樣的「野蠻女友」，就是潘金蓮、潘巧雲那樣的淫女蕩婦。

在眾多的女性當中，潘金蓮最為著名，她是婦女解放運動的傑出代表，名氣最大，粉絲最多，也是最有女人魅力，一眨眼就能電倒一大片男人的性感尤物。關於她與西門慶私通的過程，施耐庵寫得尤為精彩。就連大才子金聖嘆都為之嘆服道：「妙於疊，妙於換，妙於熱，妙於冷，妙於寬，妙於緊，妙於瑣碎，妙於影借，妙於忽迎，妙於忽閃，妙於有波桀，妙於無意思，真是一篇錦湊文字。」

潘金蓮悲情演繹的愛情大戲，是一場十足的「攀金之戀」，而對於他的情人西門慶來說，就是一場「洗門情」，全家老少都因為這樣一場情戀，而遭到了無情的清洗。

一開始，潘金蓮被人像配牲口一樣配給武大，可是丈夫既不能滿足她的感情需要，也不能滿足她的性慾需要，「好一塊羊肉，倒落在狗口裡！」施耐庵讓癩蛤蟆吃上了天鵝肉，就感覺很爽，心態何至如此？而潘金蓮和西門大官人的戀情，應該是名副其實的初戀，之前對武松兄弟的挑逗和勾引，只屬於一廂情願的單相思。

施耐庵給潘金蓮取的名字很恰當，潘金蓮，攀金戀，多麼傳神，一看就是有故事的人。

這場兇殺案的導火線就是一個情字。武松的帥氣和名氣，最先撞開了潘金蓮久閉的心扉，誰知落花有意，流水無情，她在小叔子面前碰了一鼻子灰。這個閉門羹，深深地傷害了潘金蓮那顆脆弱的心，以致她幽怨地說了句：「好不識人敬重！」這次打擊，也從內心裡激起了潘金蓮要尋回自尊，證明自己魅力的強烈渴望。

機會終於來了，來自於她對一個帥哥的迎頭一擊。當她心靈的窗戶一旦打開後，那些迷人的風光就會展現在眼前，原來外面的世界真的很精彩。之後的劇情就很老套了，約會、偷情、緋聞八卦、戀情曝光，直到被自己的老公追蹤盯梢，捉姦在床。潘金蓮為了徹底求解放，掙脫婚姻的枷鎖，完完全全使自己的感情生活走向正軌，索性用一碗毒藥，讓老公從自己的眼前徹底消失。

潘金蓮的感情走上了正軌，卻把大郎和二郎兄弟的感情推向了絕路，這是嫂可忍，叔不可忍的事情，做為一個打虎的英雄，武松不可能對自己哥哥的死無動於衷。如果連這樣的血海深仇都報不了，不僅哥哥死後閉不上眼，而且還會被江湖好漢恥笑。

在掌握了大量證據後，武松毫不猶豫地砍下了潘金蓮的腦袋。隨後提著人頭就去找潘金蓮的情人西門大官人算帳，西門慶哪裡是武松的對手，很快就一命嗚呼了。武松將這一對姦夫淫婦的頭，供在了大郎哥哥的靈位前，成了最為奢侈的祭品。潘金蓮轟轟烈烈的愛情遊戲就這樣宣告結束。

在我看來，這是一場庶民和江湖連袂出演的「奪金」大戰。平民百姓武大郎，由於膽小怕事，懦弱無能，不但沒有守住到手的錢財，而且還搭上了自己的性命。出身於庶民階層的江湖明星武松，血洗了奪金之人，雖然已人財兩空，卻為武林報了仇，為江湖揚了名。由此可見，江湖之黑，黑在膽氣，黑在敢於痛下殺招。

僅從人性的角度去看，我們沒有理由讓潘金蓮一輩子守著一個不愛的丈夫以保持其忠貞的名節，扼殺其人性，她追求自己的人生幸福無可厚非。可是她不能以個人婚姻不幸為由，用別人的生命來換取自我的「快活」。這種極端的做法，不僅不可取，受到制裁也是不值得同情的。

同時，反觀這樣的制裁，不是來自朝廷的執法部門，而是來自民間江湖，可見江湖人物已經把自己當成了正義的化身，正義到可以替法律行事。我們都知道，正義不等於公平，並不是說你有了正義就可以不講公平，享受特權，所以，儘管圍觀的群眾和朝廷執法機關對武松的做法充滿了同情和理解，但他還是要受到法律的制裁。以致於發生了後來一連串的血腥大案，迫使他不得不敗走梁山，成為江湖上聲名赫赫的冷血殺手。

潘金蓮將其情慾可怕地扭曲，惡性地膨脹，以殺夫的手段來達到改嫁的目的，終於走向了罪惡的深淵。在這裡深刻地暴露了當時女性主體意識的覺醒與封建禮教、封建婚姻制度之間的尖銳衝突。而潘金蓮就是這一衝突下的犧牲品。

閻婆惜
交不出贖金就撕票

在江湖上，能不能做到仗義疏財是衡量一個老大成功與否的重要指標。簡單說，老大要有本事弄到錢，要捨得花錢給自己的兄弟，還要善於花錢，把錢用在刀刃上。而宋江就是這樣一個具有老大氣質的人，他的綽號為「即時雨」，這個名頭的本身就代表了他捨得花錢和善於花錢。他不僅將即時雨淋在了江湖好漢的頭上，也偶爾提著一把花灑，澆澆花朵。

說起宋江救助閻婆惜這件事，應該是施耐庵蓄謀已久的，《水滸傳》是男人們唱主角，但女人的戲也不乏精彩。閻婆惜，說穿了就是演婆戲，演演女人和老婆的戲。施耐庵故意不讓宋江娶老婆，在沒有正牌的前提下，只弄了個小妾，還給他惹了一身的麻煩，以此來襯托宋江醉心江湖，不貪戀女色的好品德。

閻婆惜自從賣身葬父跟隨了宋江，宋江就沒拿她當回事，他本來就沒打算有小妾，沒辦法，即時雨的名頭已經叫出去了，就得好人做到底，也就把閻婆惜的生活承包了下來。

宋江在江湖中是即時雨，是孟嘗君那樣的人物，可是在「我拿青春賭明天」的閻婆惜眼中卻一無是處。一來，宋江長得太對不住觀眾，黑黑胖胖，又無生活情趣，不會哄女孩子開心；二來，自己連妾的名分都沒有，上不得檯面。就這樣，兩人各懷心思，各過各的日子。而事情的轉機，出現在閻婆惜生活穩定後的寂寞上。

俗話說，飽暖思淫慾，閻婆惜吃飽了穿暖了，過上了寬裕的生活，開始玩起了寂寞時請你來找我的精神遊戲。宋江在金錢上是即時雨，感情上卻是貧瘠之地，玩不轉雨露滋潤禾苗那一套，閻婆惜越是在寂寞孤獨時，越是望不見他模糊的背影。這個時侯，張文遠就像一株幸運草出現在了她的眼前，兩人你情我願，少不了一場激情的床戲。

閻婆惜找到了自己的另一半，宋江不僅不吃醋，還表示了熱烈的祝賀，並把房屋等財產都贈送給她做為賀禮。如果閻婆惜從此和她的情人張文遠安心過自己的寬裕生活，那幸福說來就來了。很可惜，閻婆惜認為這樣太便宜宋江了，應該從他身上敲詐一筆橫財。

原來，宋江喝醉了酒，不小心把黑社會頭子晁蓋寫給他的信掉在了床上，被閻婆惜拿到手。閻婆惜看完書信後頓時眼睛冒光，宋江居然藏有金子，而且是一百兩！被愛情與金錢沖暈腦袋的她，此時做了最不應該做的選擇：決定用這封信敲詐宋江，讓他交出金子，否則就去朝廷舉報他。

閻婆惜顯然低估了一代梟雄宋江的狠毒與權謀，試想，敢於將江洋大盜放走，能讓黑道眾多好漢拜服的人，是那麼容易被威脅的嗎？果不出所料，宋江裝作失手，把閻婆惜一刀抹了脖子。

正是這場女人戲，打碎了宋江的鐵飯碗，把他推上了浪跡天涯的江湖路。不演這齣戲，實在想不出別的辦法，能讓一心上進，追求功名利祿的宋江下水。他不下水，就不會有後來的水泊梁山。

閻婆惜用梁山寫給宋江的感謝信綁架了宋江，不過是為了圖點錢財，誰想到沒有撕成宋江的票，反倒自己被宋江撕了票。這事在江湖上傳開，使宋江私通劫匪成了光榮的行為，而閻婆惜黑吃黑卻變成了下作之舉。我不知道這是男女有別，還是文化的使然，一樣的糗事，卻得到兩樣的待遇，可見社會價值觀的不公。

從現代社會做人的標準來看，閻婆惜算不上一個好女人，也不應算作壞女人。她有自己的感情追求和生活目標，不喜歡男人在外面瞎胡混，黑道白道通吃，弄得四鄰不安。如果宋江一心一意和她關上門過日子，再有那麼點你恩我愛，小情小調，我想，閻婆惜也不會紅杏出牆，最後送了小命。閻婆惜，確實應該叫「惜婆言」，說話不慎，終起禍端。

女人和江湖，是兩個極端的概念，但細一琢磨，其實又是相同的道理。按照上古陰陽八卦之說，女人屬陰，江湖屬陰，宋江殺了自己的女人，陰陽失調，引來牢獄之災，入了江湖，大陰而小陽，就有了勃興的機會。殺閻婆惜而入江湖，就是棄小陰入大陰的一次跳躍，把他人生的高度，壓到了最低，為他的反彈，提供了足夠的空間。閻婆惜和宋江，一陰一陽，沒有這場婆戲，水泊梁山的壯舉，註定會胎死腹中。

施耐庵能把這樣一個玄機，隱藏在一場敲詐勒索的情殺中，顧左右而言他，還輕易不讓人看不出破綻來，著實聰明。閻婆惜這個弱女子，不惜敗壞自己的聲名來成就一個江湖，我們也應該給她正名，那才是對天下所有女人應有的尊重。

顧大嫂 入夥才是親兄弟

能策反部隊軍官下水，顧大嫂是第一個人。她雖是一個女流之輩，卻巾幗不讓鬚眉，比大多數男人還有膽氣。

顧大嫂原本在登州的一個小城鎮開酒店，因為表弟解珍、解寶犯了罪被關進監獄，便決定劫牢。她和丈夫孫新找來了山大王鄒淵和他的侄子鄒潤，但感覺有他們相助還不夠，萬一劫了大牢後官軍來追殺，還是難逃一死。

這時，顧大嫂想了一個計策，決定先把自己丈夫的哥哥，登州駐軍最高長官孫立騙到家中，然後見機行事，逼迫孫立和他們一起劫牢。於是，她假裝得了重病，讓孫立夫婦來家裡看望，到了她家，顧大嫂直截了當說明情況。孫立聽後，稍微猶豫了一下，說了句：「我卻是登州的軍官，怎地敢做這等事？」顧大嫂當即就抽出兩把刀來，要和孫立拼個死活。弄得孫立這等當提轄的軍官也不得不依著她。

顧大嫂的綽號叫「母大蟲」，大蟲即老虎，母大蟲即母老虎，老虎是兇狠的，是要吃人的。她性急、膽大、熱情、辦事潑辣、具有男子漢大丈夫的氣概。大才子金聖嘆在評點她的所作所為時，一再寫到「如火」、「膽志勝一丈夫」等等。可見顧大嫂：「有時怒起，提井欄便打老公頭；忽地心焦，拿石碓敲翻莊客腿。」這等事情一定是經常發生的，並非虛指。孫立考慮到這件事的後果，即便是他不參與劫牢，不下水，也要吃官司，洗不清自己，所以只好答應了她。

眾人商議已定，劫了監獄，救出解珍、解寶兄弟，就去梁山落草了。

這位顧大嫂真是一位了不起的女中豪傑，孤身一人，打著送飯的旗號，來到深牢大獄，砍瓜切菜般，處理掉很多獄警，救出了她的兩個表弟。並且打開監獄大門，放眾人衝入，殺了監獄長，又到州政府殺了仇人，揚長而去。臨走，孫立等人還殺了毛太公一家，為解珍、解寶兄弟報了仇。

到了石勇的酒店，孫立聽說宋江帶領梁山軍馬在攻打祝家莊，久攻不下，就高興地說，正愁入夥沒有投名狀，這事交給我辦。於是，他們就面見宋江，訂下裡應外合的計策。接著，孫立帶領他的大隊人馬，找到祝家莊裡的武術教練欒廷玉，取得了祝家人的信任，開始潛伏臥底。最後，他們趁祝家莊人不備，裡應外合，攻破了祝家莊，顧大嫂揮舞兩把大刀，砍翻了祝家莊所有的女人和家屬。

顧大嫂策反了孫立、孫新兩兄弟外帶解珍、解寶、鄒淵、鄒潤、樂和來梁山入夥，解了宋江的圍，幫了他一個大忙，正是雪中送炭。打下祝家莊，宋江才在水泊梁山站穩了腳跟，如果打不下來，還怎麼在水泊梁山上混？看一看這些好漢的名字，順利順心，走緣走運，押解著珍寶，樂呵著來眷顧他宋江來了。好運的大嫂來到宋江身邊，他再不走運，那只能說明天妒英才了。

祝家莊，就是祝他宋江好運，幫助他在水泊梁山當家坐莊。宋江第一次率軍打仗就得到好運的眷顧，可見顧大嫂，原來是宋江的吉祥物，怪不得排進了水泊梁山一百零八位大俠的排行榜。打下了祝家莊，只滅掉了四個勁敵，祝龍、祝虎、祝彪和欒廷玉，外帶嚇跑了扈三娘的哥哥扈成，好像戰績也不怎麼樣。可是施耐庵讓宋江費了那麼大的力氣，攻打了三次才成功，到底是什麼用意呢？

在攻打祝家莊遇到的最大難題是盤陀路，我仔細回顧了宋江的一生，才發現其中的祕密。現在請讓我把它檢舉揭發出來。原來，根本就沒有什麼三打祝家莊，只不過是宋江上了三次梁山才最後下定決心落草的心路歷程。那種內心的掙扎和矛盾，就像祝家莊的盤陀路，曲折複雜，難以理清。

第一次上梁山，走到一半就逃跑了；第二次是去南方坐監獄的路上，停留了一下，心動了一下，還是毅然決然走了；最後坐了大獄也難逃一死，被迫跑到梁山避禍隱身，等待人生命運的轉機。

理清了這一點，我們再看顧大嫂策反眾人下水所隱藏的祕密，就容易被挖掘出來。顧大嫂牽頭做這個事，是回顧的意思，也是眷顧的意思。宋江因為放走了打劫生辰綱的晁蓋幫便開始了命運的轉折，不順心、不順利、不走運、不快樂，直到顧大嫂來到身邊，運氣眷顧，才打碎了成為龍虎的幻想，把自己放到了人生的最低點以圖東山再起。

顧大嫂明明嫁給了孫家老二，是二嫂，卻偏偏叫大嫂。這個大嫂的頭銜，怎麼看都有點有悖常理，我費了好大的勁才搞明白這顧大嫂的來頭，原來是說，宋江顧慮大大減少，沒了顧慮，才死心塌地上了梁山。

孫二娘
人肉包子可以有

施耐庵安排的水泊梁山一百零八位大俠，各有自己的特點和作用，賣人肉包子的母夜叉孫二娘也不例外。讀過《水滸傳》的人都知道，孫二娘在十字坡開包子鋪時，打虎英雄武松路過那裡，她就想把武松剁成肉餡做成包子賣，結果被武松裝醉騙過，並活捉了她。關鍵時刻，她的丈夫菜園子張青出面求情，武松才饒了她。從此，孫二娘待武松像自己的親弟弟一樣，後來跟著武松投靠了二龍山的魯智深和楊志，打下青州後，來到梁山入夥。

大家都知道孫二娘是開包子鋪的，其實這只是一個假象，恐怕沒幾個人知道她的真實身分。你道孫二娘是個什麼人物？且聽我給你爆料，肯定會讓你瞠目結舌。

原來，孫二娘是一個妓院的老鴇子，她的丈夫也不是張青，而是帳清，專門負責收錢的，菜園子種的也不是菜，是收的財。我這個爆料是非常真實可信的，你要不信，就仔細讀讀，武松初到孫二娘包子鋪那一節。

在武松第一次見到孫二娘時，她完全一副站街女的打扮，擦脂抹粉，敞胸露懷，倚門賣笑拉客，說的全是妓院暗語，人肉包子不過是說皮肉買賣而已。後來武松進了剝人的作坊，看到牆上貼著人皮，樑上吊著人腿，實際上是指妓女的房間，牆上貼著春宮圖，樑上掛著性用具。整個過程，就是寫武松嫖妓的故事。

大概是武松睡完了沒錢買單，才打了起來，他和孫二娘打的一架，也非常有趣：孫二娘脫光了上衣，武松趁機把她抱住，兩腿一夾，就把她壓在了身下，她就殺豬般大叫起來。這不就是一幅活生生的巫山雲雨行樂圖嗎？後來她丈夫張青進來收帳，兩人聊起來，一聽是他們崇拜的大紅人武松，就免費了，還好好招待了武松一番。

我們再聽張青的介紹，他說三種人不幸，就更加清楚孫二娘開的包子鋪是妓院了。哪三種人不幸呢？一是和尚道士，二是開戲班搞妓院的，三是監獄的犯人。因為這三種人是不來尋花問柳，逛妓院的，不是他們的顧客，也可以說，這三種人來，拒絕接客。還舉了一個生動的例子，例如魯智深來，就遭到了拒絕。

至於武松進來後和她的對話，完全是暗語，什麼人肉饅頭、小便處的毛、沒有男人寂寞不⋯⋯等等，看看這是些什麼話，分明說的是乳房和陰毛，以及男女間的打情罵俏。以武松平時的嚴肅勁，如果僅僅為了吃包子，一定不會說出這些話來。

後來，孫二娘追隨武松去了二龍山，才有三山聚義打青州的事情發生。說起這件事，就更有意思了，看看三座山都是什麼山，山上都窩藏了些什麼人。

二龍山，被花和尚魯智深、青面獸楊志和行者武松佔據。白虎山有毛頭星孔明、獨火星孔亮，桃花山有打虎將李忠和小霸王周通。三座山的名字就很有講究，青龍，白虎，桃花。胸毛濃密與陰毛連在一起的男人，為青龍，不長陰毛的女人為白虎，桃花，指的是桃花運，男女之間的那些事。

青龍只有娶白虎，男女才能平安長壽，才能交好運。普通的男人，遇到白虎女人就要倒楣，所以，三山打青州之事，就是由白虎山而起，白虎山孔明、孔亮兄弟的叔叔孔賓，在青州府工作，受孔明、孔亮牽扯被下到監獄。

孔明、孔亮去救人，孔明不幸被剛剛投靠青州的雙鞭呼延灼捉去，桃花山的李忠和周通去二龍山求救，武松建議去梁山搬救兵，於是孔亮就急忙趕往梁山。半路上，他在酒店遇到李立，李立引他上了梁山，於是即時雨宋江領兵趕來相救，最後打破了青州城，救了孔明，收服了呼延灼，魯智深、楊志、武松還有孫二娘等三山之眾，一起上了梁山。

故事很簡單，真相很複雜。三山打青州，其實是一個桃色事件。宋江與白虎山的孔家莊早就牽扯不清，他殺了閻婆惜犯事後，先躲在柴進那裡，弄了一些銀子，又跑到了孔家莊，當了孔明、孔亮的教父。

其實就是說，宋江殺了閻婆惜，弄了些銀子，又和一個白虎女人混了一段日子。如今孔明出了問題，被那個雙鞭呼延灼弄去，陷在了感情的包圍之中，就是說，那個白虎女人想宋江了。孔亮遇到李立，被引見給宋江，不用說，就是即時開始雲雨了，孔明也就被救出來，思念也就沒有了，感情的包圍被打破，青州城當然就被拿下了。這是明擺著的一次風雲際會的雲雨畫卷。

那麼，施耐庵為什麼要寫這麼一個桃花事件呢？仔細一想，意義非常重大。三打祝家莊是說宋江過了心理這一關，所以顧大嫂出現，顧慮大大減少，而這一次顯然過的是身體生理關，那就是情慾關。過了這一關，他就順利地在梁山安營紮寨了。到此，宋江完完全全變成了一個正常的人。

青龍、白虎、桃花運，都來到了宋江身邊，孫二娘自然也就到了宋江身邊。那麼，孫二娘的到來，對宋江來說，意味著什麼呢？宋江江州坐牢，是性慾禁錮期，上了梁山，身體休息好了，恢復過來了，性慾自然就勃發起來。孫二娘到來，牽出的是生理性慾一線，宋江闖過了男女情感這一關，自然就一順百順了。

同時，青龍和白虎也是道教中的兩個門神，有兩者為宋江看門，他還有什麼不順利的呢？這是一次真正的過把癮就死。緊接著，就發生了晁蓋曾頭市中箭的慘劇。從此，十月懷胎，順利生下了一個招安投降的怪物。看來朝廷和江湖雜交，真是生不出什麼東西來。

扈三娘
鮮花為什麼總是插在牛糞上？

一部《水滸傳》，所描寫的女性基本上都是壞女人，按施耐庵的話就是「賤人、淫婦、賊婆娘」，潘金蓮、潘巧雲、盧俊義的夫人賈氏，就是那種恨不得整日狂蜂浪蝶圍繞著，一不留神就紅杏出牆的女人。好不容易有了一個如花似玉，在道德上沒有污點的一丈青扈三娘，卻又被宋江硬生生地插到王英這泡臭烘烘的牛糞上，難怪後來人評「水滸中最可惜的人」，扈三娘名列榜首，她招誰惹誰了？

但這一切的源頭不是造化弄人，而是宋江的亂點鴛鴦譜，他把扈三娘當成一隻羊羔，送給了王英這個大色狼。扈三娘與梁山有著不共戴天之仇，李逵將她家上上下下殺個乾淨，就剩下她哥哥扈成隻身逃走了。這樣一樁婚姻，我想扈三娘的心裡肯定充滿了痛苦，但懾於宋江的淫威，不敢違抗罷了。無法想像她和矮腳虎王英婚後的生活是否幸福快樂，施耐庵沒有寫，我們也不知道詳情，無法給大家爆料。

扈三娘是水泊梁山一百零八位大俠裡，本事最大的女人，梁山上許多男頭領都不是她的對手。但是她的排名卻很低，排在地煞星第二十三位，位列整個排行榜第五十九位，就連她那不爭氣的丈夫矮腳虎王英都排在了她的前面，更不用說她擒獲的手下敗將郝思文和彭玘了。這一奇特現象，不知施耐庵是何意。

在整部《水滸傳》中，扈三娘只說了一句話，就是梁山接受朝廷改編後，去征討田虎時，她老公矮腳虎王英被瓊英一戟刺中大腿落於馬下，她發怒罵出的一句話，「賊潑賤小淫婦，焉敢無禮！」我不知道扈三娘為何入鏡了那麼多次，才說了這麼一句話，難道僅僅是為了說明，水泊梁山是男人的世界，沒有女人說話的份嗎？她的失語，是一個謎題。

扈三娘的外號「一丈青」，古有「一丈白」以喻女色已老，故「一丈青」比喻她的青春貌美。當然，此解尚須商榷。據說她會使用一根長繩子套人，矮腳虎王英就是被她用繩子套住而落敗的。為此有人爆料說，她的繩子就是情絲，就是女人的萬種柔情，是不是這麼一回事，也是一個謎題。

攻打方臘的時候，扈三娘中了鄭彪的魔法，被鄭彪的鍍金銅磚拍到腦門上，落馬身亡，這種死法，也有點不合常情。梁山眾將多是正常戰死，唯獨她是被魔術弄死的，這是關於她的又一個謎題。

帶著她的婚姻、排名、失語、綽號和死亡五個疑問，我們不妨把她放在水泊梁山的大環境中看一看她的真實面目和實際意義。

扈三娘姓扈，扈的字義很好解釋，跟隨，跟從，也有廣大的意思，對宋江和梁山來說，就是有追隨者，有群眾基礎。

宋江率眾攻打祝家莊，是他上梁山過的一道心理關，過了這一關，他就死心塌地在梁山落草了。殺掉了祝龍、祝虎、祝彪和欒廷玉，其實就是粉碎了他想成龍成虎彪炳千秋，名垂青史的幻想。過了心理這一關，宋江在梁山一呼百應，從者雲集，獲得了廣泛的支持。而扈三娘嫁給了王英，實際是對宋江的一次人生定位。

王英和扈三娘夫婦兩人的排名是五十八位和五十九位，在古代陰陽六十四卦裡，對應坎卦和離卦，是坎向離的過渡。坎是兩個水，離是兩個火，坎是陷落，離是離開，王英娶了扈三娘，其實就是暗指宋江開始走出低谷，觸底反彈的意思，從此一路攀升，直到盛極而衰。

至於扈三娘為何一直失語禁聲，只說了一句疑似被別人假冒施耐庵塞進去的一句話，其實是她不需要說話，說的那句話，僅僅是一時的嫉妒。王英和扈三娘，如果揭老底的話，暗示的是男女生殖器，英，落英，精華；扈，音同戶。宋江把扈三娘嫁給了王英，實際上也是暗指宋江開始了正常的飲食男女生活。所以一丈青俘獲郝思文，那太正常不過，那事情玩不得斯文。直到見了處女瓊英，扈三娘才開口說了一句話，這還不明白嗎？嫉妒！嫉妒處女的鮮嫩清純。男女如水火，至陰而回陽，王英和扈三娘相愛，珠聯璧合，盡顯人生之妙，也暗示宋江與他的追隨者之間的關係如同夫妻，各得其樂。

扈三娘外號一丈青，寫到此，我不解釋讀者也明白了，一丈情絲，纏纏繞繞，那是女人特有的東西。她活捉的那幾個人物，王英、郝思文、彭玘，你要讀出聲來，不笑噴那才怪。忘硬、好斯文、膨起，一連串的動態過程，也太形象了。一丈青，大戰一場才能清楚，確實不假，這樣的事，不經過實戰，誰也摸不清底細，看不清深淺。

宋江接受招安去攻打方臘，不過是為了名垂青史，留下個好名聲罷了，鄭彪打死扈三娘，正式向宋江宣告，他的千古留名之心，被正經八百的彪炳千秋之路，擊得粉碎，連想也別想了。而他的私生活，當然也到了油乾燈枯的時候，大概是到了更年期，沒了一丈情絲，也沒了水火坎離。

三打祝家莊時有一個小細節，祝彪本來已經被扈家莊扈成拿下，押送給宋江，在路上被殺紅了眼的李逵給砍下了腦袋，而且李逵還殺了扈三娘的老爹和全莊的人，為此受到了宋江的責備。可是李逵卻說出了另一番話，意思是你宋江想娶扈三娘，所以才幫著未來的老丈人和大舅子說話，在李逵眼裡，宋江對扈三娘早就垂涎三尺了。這細節，寫的是宋江內心的矛盾和鬥爭，即使「理虧」也得做。

潘巧雲 妳就從了老衲吧

楊雄和石秀兩人上梁山，得益於潘巧雲的推手。潘巧雲這女子與楊雄的婚姻，屬於寡婦再嫁，對男女情事早已輕車熟路。可是她們夫婦生活並不和諧，主要問題出在楊雄身上，他好像有點性冷淡，仔細看還好像很嚴重，就是說，他激情不起來。而他的結拜兄弟石秀，也住在家裡，惹得潘巧雲風生水起，站不起坐不下，渾身上下不自在，送了無數秋波，拋了無數媚眼，竟始終無法打動這個帥哥，不僅一時無法拍拖，還屢屢發出嚴禁靠近的警告。

其實，石秀自己心裡清楚，他和楊雄一個毛病，別的事還行，這事真不行，性無能，誰有誰知道。我為什麼這樣診斷他兄弟兩人的毛病呢？是因為我摸準了他們的脈。你瞧他倆的名字，楊雄石秀，樣子很雄起，實際已經鏽掉了，這不是明擺著說，哥們性功能出問題了，男女那點事無限期休假。

這樣一來，潘巧雲自然寂寞難耐，她正是如狼似虎的年齡，如何熬得住這等折磨。一天，她獨自在家，實在悶得難受，就想到人多的地方碰碰運氣，那時候，一般廟裡的人多，比較熱鬧，她就打著燒香還願的旗號，跑到廟裡去閒逛。說來湊巧，她的初戀情人裴如海就在這個廟裡出家，那還有啥話說，敘舊，把斷裂的舊情再續上，把情感的傷疤都抹去。

別看潘巧雲是個女子，但她頭髮長智商高，很快就策劃出一個詳細的實施方案，來誘導她的情哥哥一步一步鑽進她設計好的圈套。第一步，請裴如海去她家做法事，悼念她的前任老公，藉機兩人進行心靈溝通，培養感情，並設計安排好下一步行動，帶她老爹去廟裡還她老娘許下的願。第二步，也就是要邁出實質性一步，廟裡還願的時候，她和情哥哥合夥把老爹灌醉，兩人趁機開個房間，金風玉露一相逢，便勝卻人間無數。第三步，不能見光死，要把一夜情升級為隔夜情，把偶然激情轉變成性福生活的常態。

潘巧雲心裡清楚，她不可能經常去廟裡開房，那沒道理，唯一的辦法就是把她的情哥哥請到家中。她策劃的很周密，措施也很得當，只要楊雄不在家，就讓保姆在後門點香為號，情哥哥對上暗號，潛入她的臥室，兩人就可以大玩激情遊戲了。凌晨的時候，就會有頭陀敲著木魚，喊她情哥哥回家吃飯去。很可惜，潘巧雲的策劃方案雖然很有才華，但卻忽略一點，那就是臥底潛伏在她家的石秀，這事被石秀發覺，跑到她老公楊雄那裡告發。於是潘巧雲就進行了第四步，使用反間計，趕走了石秀。至此，潘巧雲的婚外情計畫全部實施到位。

石秀在風情上腦殘，在捉姦上一點也不腦殘，他經過多日跟蹤盯梢，終於殺了潘巧雲的情哥哥裴如海和頭陀，並向楊雄做了詳細的彙報。於是，兩人就定計把潘巧雲和站崗放哨的小保姆騙到了一個荒山古墓前，一番審訊，逼出了口供，石秀砍了小保姆，楊雄肢解了潘巧雲。至此，潘巧雲結束了自己的婚外戀生涯，楊雄和石秀投靠了梁山，並牽扯出三打祝家莊這齣大戲。

說完了潘巧雲因婚外情引發的血案，下面我們來把這個緋聞八卦的真相一一揭開。

潘巧雲和潘金蓮，雖同為一潘，但攀附的對象卻不同，潘金蓮是攀金戀，是一場奪金大戰，而潘巧雲，是攀附雲雨，實際上是一場秀性愛技法的表演。事件中的兩個主角潘巧雲和裴如海，就是技術和慾望代名詞。潘巧雲就不用再提了，裴如海，男女激情如大海，波瀾起伏，變化無窮，花樣百出。潘巧雲和裴如海的整個戀情過程，確實風光旖旎，春水蕩漾，時而纏綿悱惻，時而激情四射。像楊雄和石秀那樣中看不中用的，怎能入晁蓋的法眼，所以兩人來到水泊梁山，就惹得晁蓋火起，當即命人拉出去砍了，好歹被宋江勸阻，才勉強被留了下來。而宋江求情，也有道理，這畢竟都是他幹的好事，所以護短。爆了這個隱私，宋江知道，他必須克服心理障礙，恢復身體正常，才能獲得生活的性福，於是，他發動了一場三打祝家莊的攻堅戰。

潘巧雲像潘金蓮和閻婆惜一樣，再一次用自己的名聲做賭注，弄得滿身污穢，為水泊梁山這個江湖，演繹出人生的悲歡，命運的跌宕。

瓊英

我不是黃蓉，我也不愛靖哥哥

瓊英，是唯一一個入夥了，又沒有被排入一百零八位大俠排行榜的梁山軍人物。這也不怪她，一是她沒有去過水泊梁山；二是她沒有趕在排行榜發布之前入夥；三是她在梁山軍被朝廷招安改編之後才來入夥的，屬於參軍，不屬於下水走江湖。她是最後一個加入梁山軍的人，還嫁給了最後一個擠進三十六天罡中的沒羽箭張清。有意思的是，這小倆口都是玩暗器的，張清喜歡彈石子打人玩，瓊英也喜歡彈石子打人玩，真可謂天造一對，地設一雙。

這個瓊英，來歷大有講究，她是田虎的國舅的女兒，芳齡二八，一天深夜做夢，夢見沒羽箭張清教給她武功和彈石子，醒來後就成了一個武功超群的高手。後來就被她的國舅老爹，推薦給田虎做了抵抗梁山軍的先鋒官。其實，她的國舅爹也不是她的親爹，而是他的義父，他的親爹叫仇申，老媽姓宋，外公叫宋有烈。她十歲時，老爹被人殺死，親娘跳崖。她知道後，就在夢裡跟張清學武藝，下決心為父母報仇。

瓊英做為先鋒官抗拒梁山軍，打的第一仗就是和矮腳虎王英交手。王英是個大色狼，看見了漂亮的女子，就厚著臉皮，急不可待地衝上去糾纏。沒想到被瓊英電光一閃，電暈過去，接著戳傷他的大腿，把他挑下馬來。

王英的老婆扈三娘一看戳傷了自己的老公，開口罵出了人生第一罵，接著兩個女人扯頭髮撕臉皮戰在了一處。顧大嫂看見扈三娘也不是瓊英的對手，急忙上來幫忙，瓊英瞅準機會彈出了一顆石子，擊中了扈三娘的手腕，把她清理出場。接著，梁山眾頭領便開始了和瓊英的車輪大戰，都被瓊英彈出石子擊退，顧大嫂的老公孫新被石子擊中頭盔，嚇跑了，林沖被擊中面頰，解珍被打翻，李逵的臉被石子打成了血葫蘆。這一仗，瓊英靠彈石子，打下了梁山眾多好漢。

宋江們見打不過這個小丫頭，就用了一計，讓張清到瓊英的家裡臥底潛伏，用騙婚計，把瓊英騙到了手。新婚之夜，張清趁機大吹枕邊風，做通了瓊英的工作，策反她下水。第二天，小倆口顧不得度蜜月，立刻投入到工作中，當了梁山軍的內應，把她的義父砍下了腦袋，幫助梁山軍大獲全勝。

說起張清使出騙婚計騙到了瓊英的初夜，過程還是蠻浪漫和感人的。這對戀人沒見面就有了心靈感應，張清為了幫助瓊英報仇，夢裡教會她武藝，並把自己彈石子的獨門絕技傳授給了她。有了這樣的事情做鋪墊，兩人當然一見如故，為了驗明正身，還上演了一場精彩的對決。瓊英用彈石子考察張清的真假，她彈出第一顆石子，被張清伸手輕鬆地抓住，心裡便有了三分把握。接著彈出第二顆石子，與此同時，張清也彈出了一顆石子，兩顆石子在空中激情碰撞，也撞出了愛情的火花。最後，兩人一拍即合，立刻拍拖。叛變後，新婚燕爾的小倆口，又騙取了田虎的信任，幫助梁山軍清理了障礙。

有線人爆料說，宋江的梁山軍打死田虎這事情，《水滸傳》裡根本沒有，是有人假冒施耐庵加寫進去的，有人說是《三國演義》的作者羅貫中搭的便車，有人說不是，不管真假，寫進這事情，還是非常有意思的。

首先與宋江極力拉張清入夥相呼應，為宋江的做法弄了個註腳，否則就有湊數之嫌，沒什麼道理。最重要的是，一下子凸顯出古代男權社會的處女情結，從這個角度去看，意義就重大起來，看來有人對施耐庵弄了一群經過人事的「二手貨」演繹男女情事，很是不滿，就弄了個處女玩了把清純，平衡一下心理。

瓊英這件事，對宋江來說，應該是一個抹黑行動，雖然瓊英來歷正統，身分高貴，這麼一個道德寵物，卻被宋江們糟蹋了，不是一個莫大的諷刺嗎？所以，我們只好從另一個方面去找答案。

仇瓊英，什麼意思呢？瓊英，瓊漿如落英，暗指的是男人的精液，仇瓊英就是仇視男人的精液。沒羽箭張清會彈石子，那些石子就是沒羽箭，沒有羽毛的箭，其實還是說男人的精液。瓊英嫁給了張清，仇恨消除，那還有什麼說的，張清瓊英，就是指男性精華，獲得了應有的地位。這樣看來，張清瓊英和王英扈三娘，原來是一對兒，是一杵一臼，男女對應的兩個生殖器。由此看來，瓊英戳傷王英，擊傷林沖、解珍和李逵，就非常好理解了。她戳傷王英用的是戟，而不是張清教給她的彈石子，剩下的人全是石子擊中，不過是一場不得要領的前戲，誤傷了眾多的兄弟，是一堂性啟蒙教育課。

水泊梁山在排座次前，是個江湖，是個女人，後來朝廷與江湖雜交，生出了一個接受招安改編的怪胎——梁山軍，接著，梁山軍走出了方圓八百里的水泊梁山，開始東征西討。顯然這個怪胎是個男孩，張清娶了瓊英，就是說這個男孩長大了，開始長成一個男子漢，有了男人的第一次，象徵著梁山軍開始走向成熟。他娶到了瓊英，實際就是進行了一次成人加冕禮。水泊梁山的後代都長大了，看來宋江們已老，退離出人生大舞臺，已經不遠了。

瓊英和張清的聯姻，根本不是一場愛情戲，瓊英不是黃蓉，她也不愛靖哥哥，那不過是一場青春的遊戲，一個小男孩玩的變身大法。瓊英和張清聯手幫助梁山軍滅了田虎，就是向世人宣告，那個小男孩跨入了男子漢的行列。可惜的是，這個男子漢不是一個江湖英雄，平民百姓們心中行俠仗義的江湖豪俠，已經絕種，剩下的不過是一些橫行天下的朝廷爪牙罷了。

李師師
我上面有情人

水滸為數不多的女人中，唯獨李師師是個特例，她是一位驚豔絕倫的藝妓，有著過人的智慧，嫻熟的交際手腕和通達的處世態度。更吸引目光的是，她是天字第一號的「小妾」，不但攀上皇帝宋徽宗，還狠狠地賺了梁山泊一大筆銀子，讓這夥殺人不眨眼的強盜出了銀子還對其感恩涕零。這個能摸著天的能人，天子一呼就上床，是水泊梁山和皇權之間的紐帶，是朝廷和江湖勾搭的媒婆。

李師師與梁山的瓜葛，始自於燕青，燕青，就是豔情、言情，由他來演繹梁山和李師師的傳說，再恰當不過。平民百姓們常說，戲子無義，婊子無情。燕青為了梁山招安的目的和李師師浪漫之約，無論是假戲真做還是假戲假做，都沒什麼大不了的，只要兩人感覺開心就足夠了。

李師師這個人，出場次數不多，上鏡率不高，但給人的印象還是很深刻的，不愧是神龍見首不見尾的大牌明星，悠然而來，飄然而去。

梁山和李師師扯上關係，正巧發生在梁山重新排好座次，發布一百零八位大俠排行榜之後。宋江一直惦記著招安大業，在重陽節聚會，喝到高興時，便叫樂和演唱了自己作詞的一首歌，表達盼望朝廷來招安的迫切心情。武松和李逵一聽心裡老大不高興，就大罵起來，弄得宋江很鬱悶。於是他就藉口沒有去過京城，要趁著正月十五元宵節，去看一看花燈，順便逛逛。

實際上他根本不是想看什麼花燈，不過是來碰碰運氣，看看能不能找到機會，接觸一下朝廷首腦身邊的人，把自己的打算和想法透露給當局。他早就聽說李師師和皇帝的八卦緋聞，於是裝作不經意來到紅燈區，打聽清楚李師師掛牌的妓院，然後安排燕青冒充嫖客去和李師師接頭。

第一次接觸，很不成功，還沒和李師師說上幾句話，皇帝就來了，只好相約第二天見。第二天場面就比較火爆了，飲酒作詩，不亦樂乎，宋江假裝醉酒，臨場發揮，寫了一首表達招安之情的詩詞大作，並當場朗誦，希望能引起李師師的注意，然後說出自己的想法。可惜，李師師看了半天也沒看出什麼意思，正在節骨眼上，皇帝又來了，宋江們只好躲到暗處偷窺。這邊還沒弄好，那邊的李逵又在門口打起架，宋江們只好逃回了梁山。

梁山和李師師的第二次談判，是燕青自己去的，這次不但打出了金錢牌，還打出了感情牌，所以效果不錯。兩人喝酒唱曲，吹簫撫琴，李師師還用纖纖玉手，輕撫了燕青後背的紋身，之後，燕青就拜李師師為乾姐姐，住進了她家，並找機會把梁山的情況向朝廷最高行政首腦宋徽宗做了詳細彙報。不久，梁山受到了朝廷認真的招安和改編。從此，水泊梁山從江湖上徹底消失，成為了朝廷的正規部隊。

小妾左右王侯，妓院勝於官衙，風月影響政治，這算是中國政治傳統之一吧。

《水滸傳》裡沒有爆料李師師這個名字的來歷，民間的八卦卻很多，說她很有佛緣，因為大家都把佛門弟子稱作師，她的家人就給她取個名字李師師，後來成了名妓，在滾滾紅塵中摸爬滾打，並且攀上了皇帝。看來要想看破紅塵，還真得先墮入紅塵，不經過風雨，真是見不到彩虹。

燕青沒有與李師師上演床戲，儘管李師師瘋狂地放電，並藉故讓燕青脫光了上衣，燕青還是為了梁山大業，保持住了好漢本色，沒有被電暈。也就是說，燕青與李師師的關係，僅限於業務上的往來，並沒有肉體上歡愛。有意思的是，在妓院裡完成關乎國家安危的談判，這不僅是個諷刺，還暗藏著玄機。

《水滸傳》寫的就是朝廷與江湖的勾連。皇帝是朝廷的制高點，他一次也不露面，終究有點說不過去，但是水泊梁山做為一個恐怖基地，當然無法邀請皇帝喝茶或者飲酒，要想把兩者之間聯繫起來，必須要有中間管道，要有牽線人。在那個時代，這個中間管道可不好找，我看除了妓院，還真沒有更合適的地方。

在這種處所進行政治談判，隱密，熱鬧，又出人意料。由李師師這個藝妓牽繫，也非常恰當，本來雙方幹的就是苟且的勾當，拋開妓女，除了朝廷，就是江湖，也找不出能與雙方都能搭上界的人物。李師師是皇帝的小妾，燕青是李師師的乾弟弟，梁山搖身一變，與皇帝就成了姐夫小舅子的關係，一下子就建立起來了溝通直通車和溝通熱線，由此看來，李師師的作用舉足輕重。

我一直試圖剝去李師師的妓女偽裝，想看清楚她的真實身分，因為對於水泊梁山來說，她不僅僅是牽繫者這麼簡單。要按照李師師這個名字看，李師師就是李和尚，和尚就要節慾，就要不近女色，所以燕青最終沒有與李師師演繹激情。一個和尚以妓女的身分出現，當然具有更大的迷惑性和

隱蔽性。那麼水泊梁山為什麼要與一個和尚扯上關係呢？

在寫到宋江與李師師談判時，有一個細節，就是李逵看到宋江和一個妓女喝酒聊天，很惱火，憋了一肚子氣，最後大鬧了一場。其實哪是李逵在鬧，而是宋江自己內心的矛盾和鬥爭，表面是討好李師師，心裡恨不得給她個窩心腳，是宋江自己攪黃了這場好事，李逵不過是跟著背了黑鍋。

李師師的出現，是宋江克制自己內心慾望的一次試驗，是江湖對朝廷的一次勾引，而跳出三界外不在五行中的和尚，無慾無求，如果宋江能夠突破無慾這個界限，那麼對於他的性福生活來說，才有了實現的可能。

縱慾和節慾，就是燕青和李師師拿捏到什麼火候為好，直接關係到愛情生活的幸福指數。李逵攪局，說明宋江還能克制一陣子，等燕青直接面對李師師的時候，那感情的浪潮，就像破堤的洪水一樣洶湧，瞬間就把那個朝廷的最高統治者，沖進了汪洋大海。所以招安投降，也就是水到渠成的事情了。

殿帥府
哥們我發達了
印

第六章

朝廷的江湖

——封殺的就是你

高俅入主殿帥府
哥們我發達了

高俅這哥們，特別有意思，他是靠踢足球發達的，這在古代的大官當中，絕無僅有。有人說，高俅算個球！對，沒錯，其實他就是個球，施耐庵就是把他當個球來描繪的。高俅，一個高懸著的球，與蔡京、童貫、楊戩並稱水滸四大惡人。四人當中，數高俅與水泊梁山打交道最多，表現也最為惡劣。

高俅是做為反派人物登場表演的，如果江湖是個女人，她的對立面朝廷，自然就是男人，這樣才符合陰陽對立，相生相剋的矛盾一體關係。高俅身在朝廷，代表的是男性特徵，說他是個球，一點也不為過。從陰陽學說來看，陽中有陰，陰中有陽，兩者是不可分割的。對於高俅來說，皇帝如果是陽，他就是陰，而對於水泊梁山來說，高俅又代表了陽。高俅與水泊梁山的打鬥中，始終處於下風，直到梁山強大起來，接受招安改編後，他換成了陰柔的套路，才達到自己的目的，這就是過剛則易折、以柔克剛的道理。

無論什麼社會都缺少不了街頭小混混，他們三五成群，混吃混喝，黑幫還算不上，沒那實力和膽量，江湖豪俠就更沒他們的份，充其量算是一些社會的渣滓。高俅少年的時候就是如此，唯一的特長，這人不腦殘，動心眼什麼的很拿手，踢球也不光用腳，還用腦子，意識好，腳法精湛，所以很快成為了足壇高手。他和手下那幫兄弟，整日在大街上閒逛，沒什麼正經營生，除了打架鬥毆，就是喝酒賭錢。

一天，他在街上惹是生非，被一個叫王升的武術家痛打了一頓，後來又被寄宿的主人告了一狀，被打了二十板子，逐出京城。在外面流浪的三年，使他體認到，要想混出個名堂，必須當個大官才行。於是，他就求人推薦一份公務員之類的工作。他的第一個老闆就是大名鼎鼎的小蘇學士，可是小蘇學士覺得自己能寫會畫，不需要祕書之類的員工，就把他推薦給了當朝的駙馬爺。這一次，高俅算是找到了知音，駙馬爺居然待他「如同家人一般」，所做的都是場面上的活。

機會總是眷顧有準備的人，好運氣來了擋都擋不住。一次，駙馬爺想巴結他的小舅子端王，也就是後來即位的徽宗皇帝，就打發高俅去送兩件玩具和一封書信。進了王爺府，他看見端王正在踢足球，不巧那球踢到了他的腳下，於是高俅用了一招「鴛鴦拐」，起腳把球踢給了端王。

端王是個球迷，遇到了高俅這麼個知音，自然欣喜非常，就透過引援把他引進了自己的球隊，從此成了端王最為倚重的足球巨星。後來王爺升職了，當了皇帝，心想高俅踢球這麼棒，當個國防部長兼三軍總司令，肯定也會所向無敵，於是就提拔他當了負責軍隊工作的太尉，辦公地點就設在殿帥府。

高俅原名叫高毬，發跡後便將「毬」改做「俅」。大概他覺得「毛」字旁有禽獸之嫌，改作人字部，便人模人樣了。那些和他一起混的兄弟，得知老大當了大官，當然都回來找他，想蹭蹭油水，沾沾光，沒想到讓高俅的手下一頓狂揍給打跑了。其中有個小兄弟很機靈，就翻牆進入他家，不再叫他大哥，而是撲通跪在地上叫爹，弄得高俅很不好意思，就認了這個乾兒子，這個小兄弟就是後來的高衙內。

高俅進了殿帥府，就成了高高在上的「球」，他的上面只有皇帝了。如果朝廷是個男人，皇帝無疑就是腦袋瓜，進沒進水，我們不管，我們只是順著腦袋瓜向下看，看看男人的命根子是什麼貨色，看看高俅處於什麼位置。高俅小時候叫高二，因為會踢足球，人們就喊他高毬，他覺得自己是人球，所以改高毬為高俅。看來，高俅屢次對水泊梁山進行「性騷擾」，原來他不過是為了找個女人宣洩一下。流氓，就是高俅的本性，不流氓，他才真的有病。

透過這一點我們就明白了，施耐庵之所以一開場就讓高俅登臺亮相，原來他是純陽之元，生命均發源自他的殿帥府，這一象徵意義可了不得，開篇走陽，自會引出江湖之陰，就這麼一點一點，就把諾大的一個水泊梁山，慢慢地引了出來。怪不得梁山好漢很多都出自他的傑作，這與他的朝廷職位，有著密不可分的關係。

王進私走延安府
逃跑是最好的戰略轉移

高俅在殿帥府閃亮登場，立刻嚇跑了王進，施耐庵已經爆料了，王進的老爹王升，曾經痛打過這個當朝太尉。常言道，父債子還，王進只好跑路，來了一次戰略大轉移，準備跑到延安府隱身。在逃亡的路上，又惹出了一段關於史家村的故事。

王進與史家村的淵源要從他輕視九紋龍史進的武功說起，他笑話史進的功夫不過是花拳繡腿，中看不中用，史進不服氣，兩人便打在一塊。打鬥中，王進抓住一個破綻，將史進打倒在地，史進連忙爬起來，跪在地上磕頭，拜王進為老師。王進也不客氣，就真的有模有樣地當起了史家村的武術教練。

既然受聘當了人家的教練，王進就不拿自己當外人，把自己身分和目前的處境全盤托出，告訴了史進和他的老爹史太公。同時還表示，自己路過史家村，只是臨時歇腳，不會久留。

在教會史進武功之後，他便告別了史家父子，投奔延安府老種經略相公。從此，王進在社會上徹底消失了，再也沒有登過場，露過面。後來的江湖也沒有他的事，只是他的徒弟九紋龍史進上了梁山，也算替他成全了一段江湖佳話。

王進的戲分很少，施耐庵安排他先登場，絕不是為了簡單地襯托一下高俅高太尉，如果那樣的話，就根本沒必要再讓他停留史家村，給九紋龍史進當武術教練。施耐庵之所以這麼寫，還要從王進的真實身分說起。

高俅高太尉的身分我們已經揭露了出來，他不過初長成的朝廷少男精囊裡的睾丸，王進是前任太尉的部下，如今殿帥府換了主人，沒他的位置，實屬正常，為什麼這樣說呢？讓我們解開王進的真實身分，你就明白其中的道理了。

王進，就是王可以進入的地方，朝廷之王，不可能是別人，肯定是皇帝了，皇帝換了，所以高俅也換了，那麼王進也就需要換了。所以說，王進應該是與前任皇帝相對應的女性性器官，陰陽相對，朝廷之陽換了人選，江湖之陰也就要重新選擇了，王進自然就沒了飯碗。

那麼王進為什麼戰略轉移到延安府老種經略相公處去棲身呢？這裡同樣是暗喻，延安府，其實就是後宮，指的是王進進了冷宮，徹底消失了，這就為水泊梁山這個江湖之陰橫空出世，騰出了應有的空間。

王進退出了舞臺，只有他退出，才有後來水泊梁山的跟進。從江湖的角度講，王進不是行俠仗義的江湖人物，所以他沒有上梁山，也沒有進入水泊梁山一百零八位大俠排行榜。

這一點也不奇怪，王進是前朝遺婦，水泊梁山是少女初成，不可能再有他的位置。這在他最後的歸隱之地，也得到很好的說明。那時候，有大小兩個經略相公，一個是魯智深曾經效力過的小種經

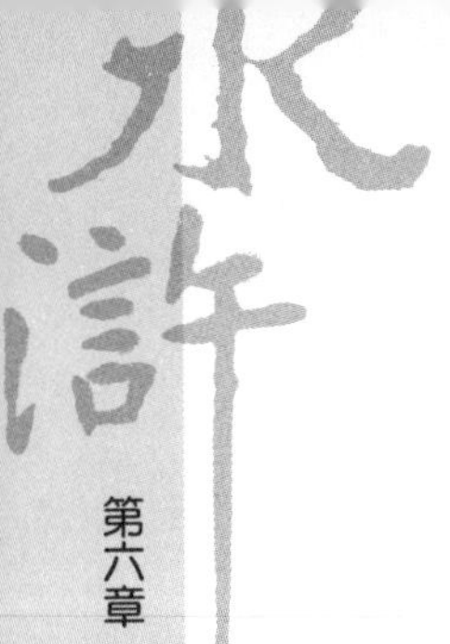

略相公，在渭州；一個是王進投靠的老種經略相公，在延安府。

王進進了老種經略相公府，魯智深逃離了小種經略相公府。這明擺著是說王進完成自己的使命，退休回家，就像老皇帝一死，他的後宮佳麗也跟著退休進入冷宮一樣。魯智深出走，就是說，新皇帝登基，新的後宮佳麗就要出現了。

由王進和高俅惡人的舊怨，引出洋洋灑灑的水滸故事，施耐庵的謀篇佈局能力，卻非一般人能比。整個水滸就是一個陰陽交合的太極圖，朝廷新皇帝上任，少陽初成，老皇帝退位，舊陰消隱，正是冬盡春來，一元復始，萬象更新之際，江湖這個少女，也開始了春意萌動，預示著必將有一場朝廷與江湖的風雲際會。一幅生命的傳奇畫卷，就這樣呈現在了我們這些粉絲的眼前。

林沖誤闖白虎堂 斑竹的帖子也敢灌水？

表面上看，高俅這個惡人，無惡不作，實際上，以他的身分，應該無樂不作才對。他是做什麼的？他就是尋歡作樂的源頭，是腎上腺，是男性荷爾蒙。高俅在殿帥府上班，白虎堂是他和同事們商議軍機大事的會議廳，林沖做為他的一個部下，所犯的錯誤就是帶著刀私自闖進了這個軍機要地，這一舉動是違法的，是要坐牢的。當然，我們都知道，林沖是被人騙了。

事情的經過非常簡單，高俅的乾兒子高衙內，看上了林沖老婆，勾搭了幾次都沒有勾搭上手，每次都是被林沖壞了好事。高俅為了成全自己的乾兒子，就聽信了林沖老鄉陸虞侯獻的計，以鑑賞林沖的寶刀為名，把他騙進白虎堂，然後再以持刀闖入軍機要地、圖謀不軌的罪名逮捕他，並將其判刑流放到外地監獄服刑。在押解的路上，指使人把林沖幹掉。這是高俅想除掉林沖的重要一環，也是最關鍵的一環。

因為這次意外的事故，林沖最後被迫上了梁山。按理說，以林沖八十一萬禁軍教頭的身分，再加上柴大官人的引薦信，梁山的老大王倫應該熱烈歡迎才是。加之黑道人才原本就很少，有林沖這樣武藝高強的人加盟，對增強梁山的實力和提升梁山的聲望有很大的幫助。

但是以林沖的性格和經歷，有腦子的人都知道他不是當老大的料。可是王倫卻動了歪心思，害怕林沖會奪了自己的位子，於是拒絕了他的入夥。

這對走投無路的林沖來說，不亞於被人置於死地。王倫老大的做法違背了黑道原則，就連他的幾個黑社會小弟宋萬、杜遷和朱貴都看不下去了，出面替林教頭求情。王倫礙於情面，勉強留下了林沖，但還是有意刁難，讓他在三天內殺個人來當作「投名狀」。

林沖苦苦等了三天，一直沒有下手的機會，最後碰上了楊志，兩人決鬥。在難分難解之際，王倫出面制止了爭鬥，並將他們一起請上山。如此一來，林沖就被留了下來。可是王倫一計不成，又生一計，他想留下楊志來制衡林沖。但楊志並不買帳，他還要爭取自己在白道上的大好前程。

對於王倫這種明顯不公平的對待，林沖很是不爽，頗有一點聽到「該來的沒來，不該走的走了」這類屁話的感覺。但他已經走投無路，不在這裡還能去哪裡？只得厚著臉皮在梁山上坐了第四把交椅，排在宋萬和杜遷這些無能之輩的後面。這種寄人籬下的日子因晁蓋的到來，而出現了轉機。他帶頭火拼了王倫，支持晁蓋當了老大，迎接梁山的新時代。對於這個事件，可以做以下理解。

王倫這個潔白皮膚的小女孩長成一個完美的少女，他當然就該消失。這個過程，我們也會想到楊志，晁蓋上梁山，是因為搶了楊志的生辰綱，楊志就是女性的子宮，養育後代的地方；生辰綱暗指

王倫代表是江湖這個女人的「幼女時代」，林沖上山，說明開始了青春期發育，等到晁蓋上了山，女孩子發育成熟，有了初潮，結束了幼女時代。

女性的卵子，女性初潮，當然就是子宮的傑作。隨著林沖和晁蓋的到來，江湖這個少女，與高俅代表的朝廷之男，遙相呼應，也發育成人，貌似長成一個亭亭玉立的靚麗女子了。

林沖因為誤闖白虎堂上了梁山，他老婆不能忍受高衙內的調戲，自殺身亡。這是一個悲劇的故事，卻有一個喜劇的內幕：林沖已經不再需要張氏老婆了，因為他已經發育完全，長大了。

宋江潯陽樓題反詩
此文包含敏感字句

宋江下了兩次決心，也沒有上梁山，還是為了日後前程著想，跑去江州坐大牢。可是坐牢實在寂寞，就一個人跑到潯陽樓上喝酒，酒醉了在牆上寫了一首反詩，沒想到被發現舉報，差點被砍了腦袋。最後，他才徹底死了心，跑到梁山當了山大王。

宋江寫了一首什麼樣的反詩呢？這個灌水文章裡到底有哪些敏感字句，引來當局全力封殺呢？當時的情況是，宋江在監獄裡待的實在鬱悶，就到城中找戴宗和李逵喝酒，沒找到兩人，又跑到城外去尋找張順，可是不認識路，於是到了江邊的潯陽樓，獨自一人喝悶酒。喝醉了，看到粉白的牆壁上題的詩，忍不住手癢，寫了一首：「自幼曾攻經史，長成亦有權謀。恰如猛虎臥荒丘，潛伏爪牙忍受。不幸刺文雙頰，那堪配在江州。他年若得報冤仇，血染潯陽江口！」寫了這一文後，感覺不過癮，接著在下面又寫了一文，「心在山東身在吳，飄蓬江海謾嗟籲。他時若遂凌雲志，敢笑黃巢不丈夫！」一高興，得意忘形了，真名實姓就發表了文章，被一個叫黃文柄逮了個正著，舉報給江州市市長蔡九，就是那個太師蔡京的兒子。蔡九一看這還了得，立即派出了捕快把他抓了起來。

宋江寫的這兩篇文，第一篇是感嘆自己的遭遇，說自己從國小到高中，學習都很好，尤其是政治歷史，成績優異，長大後的工作，也很懂得耍心眼，弄個陰謀詭計，就像一隻老虎趴在荒涼的山崗上，把爪子收起來，潛伏忍受。不幸的是，臉上被刺了文字，發配到江州這個鬼地方來監獄裡服刑，等哪天有了報仇的機會，一定要讓鮮血染紅潯陽江口。

宋江如此發洩一下心中的鬱悶，其實沒什麼大不了，問題就出在了下面那一篇文，頭兩句還說的過去，說自己心在山東，身體吳地，像浮萍一樣在江湖上飄蕩，只剩下唉聲嘆氣了。接著這兩句，就有點恐怖襲擊宣言的味道了，意思是，等到哪一天實現我的沖天志向，我比恐怖頭子黃巢還要恐怖。這樣的反朝廷言論，是當局重點打擊的，宋江想跑也跑不掉了。

宋江原本是一個喜怒哀樂都不溢於言表的人，什麼事情都憋在心裡，但壓抑久了，勢必就會爆發，這也是人之常情。可惜，他忘了隱蔽自己，沒有穿隱藏身分灌水，暴露了行蹤，再次獲罪。

如果沒有這次題反詩暴露自己的野心，宋江可能就會被減刑，提前釋放回家。那樣的話，他也就上不了梁山，成為不了江湖人物。尤其是吳用自作聰明，冒充蔡京太師給蔡九市長寫了那封信後，直接就抄了宋江的後路，一點迴旋的餘地也不留給他。擺在宋江面前的就剩了一條羊腸小徑，那就是逃上梁山避禍。

宋江到江州坐牢，為自己招了很多手下，戴宗和李逵，日後都成了他的心腹，張順還救了他一命。這幾個人，對江湖這個美少女來說，一個都不能少。宋江外號即時雨，大名宋江，我們都知道他的含意是對即時雲雨的歌頌和褒獎，也就是江湖美少女的性意識。戴宗所代表就是人的血液和神經，要不怎麼叫神行太保呢？神經是指揮系統，當然要跑得飛快。李逵是身體裡四通八達的道路，就是血管和經脈，張橫和張順就是美少女的脾氣，病大蟲薛永就是人的血液湧動。

潯陽樓題反詩，我猜來猜去，才弄明白，施耐庵原來寫的是江湖美少女性意識萌動，她焦躁不安，情緒爆發，得了一場黃瘟病（怪不得那個舉報的人叫黃文柄）。少女的全身都受到了牽連，鬧騰起來，打破了禁錮，讓性意識徹底解放出來，直到氣順了，根治了黃瘟病，才一切恢復正常。這就是為什麼最後張順捉到黃文柄。經過了這一場大病，宋江上了梁山，江湖這個美少女，徹底長大成人，下一步，就是進行自身完善了。

江湖美少女性意識的徹底覺醒，是從本能到自覺的一次大轉變，至此，梁山才開始走出去，主動出擊，從心理和身體上，為未來的性福生活，創造各種條件。

宋江上了梁山，施耐庵筆下的江湖，就逐漸浮出了水面，他把一個個江湖人物拉下水，送上梁山，正應了宋江這個名字，把好漢一個一個送進江湖。其實，施耐庵就是一筆一筆把江湖這個美女描畫出來的，直到一百零八位大俠全部到齊，這個美少女才全面豐滿起來。原來，平民百姓們心中的江湖，只是一個小女人。

柴進失陷高唐州
豁免權過期了

柴進是水泊梁山的財神爺，這從他的名字就能看出，柴進，財進。他的外號叫小旋風，就是說，他弄錢財就像大風刮來的一樣容易。所以，柴進後來當了梁山的財政部長。此人仗著出身好，好大喜功，到處誇富，把自己家弄成了犯罪份子的收容所，武松、林沖、宋江等許多逃犯，都曾被他窩藏過。柴進還是宋江的粉絲，宋江犯了罪躲藏在他家，他覺得特有面子，這也成了他到處吹噓的資本。也讓他在江湖上名聲很好，人氣很旺，大家都把他當成了江湖聯絡員，有什麼事，想找什麼人，一般都和他聯絡。一些人混不下去，也常常到他那裡混吃混喝。

他是梁山眾英雄中家世最為顯赫的一個人，是皇族後裔，後周世宗柴榮的子孫。柴進祖上的皇帝寶座被宋太祖趙匡胤搶走後，趙匡胤為了表示歉意，不但給了柴家很多錢，還立下誓碑說：「凡柴氏子孫，有罪不得加刑。即使有謀逆大罪，亦不可株連全族，只可於牢中賜死，不可殺戮於市。」如此說來，只要不造反，隨便做什麼都行，這就等於給了柴家無限期司法赦免權。

柴進有了護身符在手，感覺連法律都不能奈何他，所以很張揚，不把一般人放在眼裡。後來他叔叔柴皇城因為和高廉的小舅子殷天賜爭奪房地產，被殷天賜的手下暴打了一頓，躺在床上不能動彈。當柴進帶著李逵趕到後，叔叔已經氣絕身亡，在開追悼會時，殷天賜又來鬧，被李逵三拳兩腳給打死。

出了人命，柴進還讓李逵逃回梁山，自己派人回家去拿賦予赦免權的紅頭文件，準備打官司。但高廉市長可不管什麼赦免權不赦免權，在他眼裡，那玩意早就過期，於是派出捕快把柴進逮捕，打了幾十大板，扔進了大牢裡。

李逵逃回梁山，知道這麻煩惹的不小，趕緊向晁蓋彙報，宋江和柴進是鐵哥們，當然不能見死不救，於是率領手下，攻破了高唐州，殺死了高廉，救出了柴進。直到這時，柴進才徹底清醒，他家那個紅頭檔，就是一張廢紙，所謂的司法赦免權，早過期作廢，這才死了心跟著宋江上了梁山。

柴進上梁山，對江湖來說，意義重大。他當了梁山的財政部長，負責經費籌措和管理，此人做理財工作還是很有一套的，很快就把梁山的財務管理得井井有條。水泊梁山這麼一個大攤子，沒有一個當家理財的肯定是不行，那麼多人吃喝拉撒，費用開支確實很大，又沒有土地稅收來源，只能靠攻打城市村鎮，掠奪資源維持生存，這需要很大的行政和軍費開支。

雖然施耐庵在《水滸傳》裡沒有直接提出這個問題，但是透過宋江的幾次談話和遲遲沒有讓柴進上梁山，就能看出梁山經費問題的重要性。柴進不上梁山，梁山就會有一個可靠的經費來源管道，這也是柴進最後還寄希望於司法赦免權的原因之一。他認為，只要法律不對他處罰，他就能繼續透過各種管道，弄到朝廷的財政補貼和自己土地莊園的稅收，暗地裡源源不斷地為梁山「輸血」。

柴進身陷高唐州，實際上是使梁山陷入了財政危機，打死了殷天賜，就是指斷絕了朝廷財政補貼；高廉，就是高度廉潔的意思，他把柴進下獄，就是一次反腐行動，斷了梁山的財路。宋江們不打敗高廉，救出柴進，就無法擺脫財政危機，所以才傾盡全力進行營救。

俗話說，錢不是萬能的，但沒有錢是萬萬不能的。江湖這個「美少女」，也是靠錢養大的，只有財源滾滾地進入，水泊梁山才能多財善賈，長袖善舞。

李逵扯詔罵欽差　難道怕了你不成？

李逵原是沂州沂水縣百丈村的一個農民，平時遊手好閒不愛農活，喝完酒就喜歡惹事生非，按同鄉朱貴的說法就是「自小凶頑」。後來，他在村裡打死人潛逃到江州，在戴宗手下混了個看守監獄的差事。

李逵自從遇見了宋江，就鐵了心跟定這個日後的梁山首領。宋江也把這個鐵牛當成自己的兒子，兩人的關係已遠遠超過了一般的江湖義氣，甚至超過一般結義兄弟的感情。然而，正是這樣的關係，使李逵這頭倔牛，雖然猜不透宋江的真實意圖，卻屢次「壞」他的好事。

宋江極力推行的招安投降路線，第一次提出就遭到來自各方面的反對。梁山泊排定座次後，宋江便開始謀劃為自己和梁山人找出路，於是打出了「招安」的大旗。一次，在重陽節的菊花會上，他讓梁山上的歌唱家樂和唱《滿江紅》，當唱到了：「望天王降詔，早招安」時，引起了一些人的不滿。

行者武松第一個叫道：「今日也要招安，明日也要招安去，冷了弟兄們的心！」而黑旋風立刻表現得尤為激烈，他睜圓怪眼，大叫道：「招安，招安！招甚鳥安！」只一腳，把桌子踢起，當場粉碎。兩位剛烈的漢子同樣反對招安，可是宋江對他們的態度卻截然不同。

他對李逵是「大喝道」：「這黑廝怎敢如此無理！左右與我推去，斬訖報來。」而對武松卻是這樣說的：「兄弟，你也是個曉事的人，我主張招安，要改邪歸正，為國家臣子，如何便來冷了眾人的心？今皇上至聖至明，只被奸臣閉塞，暫時昏昧，有日雲開見日，知我等替天行道，不擾良民，赦罪招安，同心報國，清史留名，有何不美！因此只願早早招安，別無他意。」

從對李逵的呵斥和對武松的安撫就可以看出其間的親疏遠近關係，武松是二龍山來的頭領，與梁山是一種近乎同盟的關係，對待盟友當然要客氣。而李逵是他在江州脫險帶出來的親信，他反對自己招安大計，宋江自然很傷心，很氣憤。當然，宋江也知道別的弟兄會替李逵求情，他也會饒恕自己這個最管用、最忠誠的打手。這樣做無非是敲山鎮虎，給別的人看看。

後來，宋江藉著正月十五去京城看花燈的幌子，本想透過藝妓李師師走皇帝的後門，求皇帝親自過問收編這事，沒曾想也讓李逵給攪局了。還好，多虧燕青對皇帝的小妾李師師施展了美男計，皇帝才知道了此事，他召集大臣們開會討論梁山的問題，有人建議可以收編他們，然後讓他們對抗大遼，一舉兩得。

於是，皇帝採納了此提議，派一個名為陳宗善的部長級大官，帶著皇帝的詔書和幾瓶好酒，來和水泊梁山談判。當然，他不是自己去的，還帶了蔡太師的一個祕書和高俅太尉的一個參謀。

到了梁山，上了梁山的賊船，高俅以為自己是朝廷派來的，就把自己當成了首領般，隨意打罵接他們上山的水手，水手們不堪打罵就一個個跳船跑了。這條船的船長是活閻羅阮小七，他哪裡受得了這份窩囊氣，於是耍了個壞心眼，說船漏了，就把這幾個朝廷代表團的官員，騙到了其他兩條船上。接著，阮小七把手下的水手叫上船，偷喝了朝廷代表團帶來的御酒，換上了老百姓自己家裡釀的劣質酒。顯然，阮小七這麼做，明顯是故意安排的，目的就是破壞宋江的招安投降，接受改編的計畫。這一招確實管用，後來真的因為這些酒，鬧了起來。

陳宗善率領的朝廷代表團，一登岸到了水泊梁山的會議室，就命令梁山的辦公廳主任蕭讓宣讀詔書，大意是：「你們這夥犯罪份子，做了不少壞事，朝廷出於人道主義考慮，照顧你們，收編你們，請你們立刻放下武器，老老實實接受朝廷安排，否則有你們好看的。」

李逵一聽大怒，心想，大家沒一個是嚇大的，難道還怕了不成？不由分說衝上前去搶過詔書，撕了個粉碎，還抓住陳宗善的衣領，揮起拳頭就要動粗。宋江和盧俊義連忙攔腰抱住李逵，為陳宗善解了圍。這時候，高太尉派來的參謀，又開始充首領了，竟然呵斥李逵，李逵正找不到出氣的人，當即揪住了那個參謀，一頓暴打，嘴裡還罵道：「皇帝算什麼鳥東西，他姓宋，我家哥哥也姓宋，憑啥他坐得天下，我家哥哥坐不得？別惹惱了你黑爺爺，一陣板斧，連你們這些狗屁當官的一塊剁了！」

李逵來了這樣一個下馬威，朝廷代表團的官員差一點沒被嚇破了膽，乖乖地聽宋江的安排。於是，宋江請眾兄弟品嚐朝廷送來的美酒，這一喝不要緊，本來就憋了一肚子氣，這下更惱火了，原來朝廷送來的是劣質酒。眾弟兄一下子氣炸了，第一個跳出來是花和尚魯智深，接著赤髮鬼劉唐、行者武松等人也都大鬧了起來。宋江和盧俊義見此情形，只好親自護送朝廷代表團下山，這次朝廷的招安計畫，也徹底宣告失敗。

當局的態度，缺乏誠意，讓宋江很失望，他在聽詔書時，臉色就很難看，已經預料到這次接受朝廷招安的計畫肯定不會成功。他的內心，也是非常惱火，恨不得抓過朝廷代表團那幾個狂妄的傢伙，撕碎了解恨。李逵是宋江內心活動的一個縮影，宋江心動，李逵就會行動。既然宋江不滿意朝廷的招安條件，李逵就義不容辭地跳出來搶過詔書撕碎；既然宋江看不慣高俅手下那個參謀的頤指氣使，李逵勢必就會拉他痛打一頓。宋江指到哪裡，李逵理所當然地就要打到哪裡。

宋江一向野心勃勃，他雖然口頭上四處宣揚忠義，其實他內心一點也看不起皇帝，感覺自己的水準比皇帝老兒要高，只是沒有機會當朝廷首腦而已。宋江心裡這麼想，李逵嘴上就會這麼說。借李逵的嘴說出，既維護了自己的面子，也發洩了心中的不滿，同時還會襯托出自己的涵養和大度。施耐庵這樣安排，確實高明，很多人都被弄得暈頭轉向，以為宋江真是一個沒有私心雜念的人。其實他內心所想的，全都假借李逵的嘴和手，得到了淋漓盡致的發洩，讓李逵替他做了那些他無法出手的壞事。

從表面上看，李逵扯詔罵欽差壞了梁山的招安大計，實際上是解了宋江的圍，否則他根本無法向兄弟們交待。這樣侮辱性的招安收編，梁山的眾位大俠們怎麼會接受，怎麼會答應，如果李逵不出來「接招」，他根本無法收場。宋江之所以那麼喜歡李逵，就在於李逵什麼工作都替他做，是最好用的清道夫。

盧俊義遭構陷

不打燈籠，兄弟我都找不著道了

盧俊義一生中遭到兩次重大的暗算，第一次是宋江設套讓他往裡鑽，騙得他傾家蕩產；第二次是家人李固向朝廷舉報他是梁山黑幫組織成員，並夥同他的太太賈氏謀奪了盧氏集團的產業。這兩次陷害，下手都非常黑，根本沒有給他留出掙扎的餘地，別人讓他怎麼做，他就得怎麼做，連一點討價還價的可能性都沒有。宋江之所以陷害他，目的是為了收編他，進而解決晁蓋死後的政治遺囑問題。在宋江眼裡，盧俊義是極佳的二哥人選：一來，他自身的條件過硬，是世家子弟而又武藝超群，同時還是民營企業家；二來，盧俊義在梁山上沒有什麼根基，不會對自己的首領地位造成實質性的威脅。

梁山被招安後，盧俊義被封為團練使，這個芝麻綠豆的小官，實在令人寒心。當征完遼，平定王慶、田虎、方臘後，他雖立下了大功，也不過被封了個廬州軍分區大校副司令，也不算什麼大官。常言道，飛鳥盡，良弓藏，狡兔死，走狗烹。對於朝廷來說，此時的梁山軍已經失去了利用的價值，留著反而會消耗巨大軍費開支，得不償失。所以，以蔡京為首的四大惡人，就一起商量，決定除掉這股由惡勢力改編的政府軍，以絕後患。

盧俊義做為梁山的二號人物，不可避免地遭到了迫害。高俅和楊戩指使人冒充老百姓，檢舉盧俊義發展黑勢力，意圖造反，皇帝不相信，就把盧俊義叫來和他親自談話。臨了，還送給他一杯好酒，皇帝賞賜的酒，不能不喝。可是四大惡人早已暗中指使倒酒的人，往酒杯裡偷偷放了水銀。盧俊義想也沒想，接過酒杯就一飲而盡，然後趕回他工作的城市廬州。他飲酒後不能騎馬，在泗州淮河乘船時失足落水而死。

盧俊義的命運充滿了悲劇色彩，他原本是一個奉公守法的大企業家，有年輕漂亮的太太和忠心耿耿的屬下燕青。若不是遠在千里的梁山黑幫組織的拉攏，他完全可以安安樂樂過完一生。不幸的是，從吳用的毒計開始，他就成為了一個任人擺佈的棋子，不僅被害的家破人亡，還成了朝廷通緝的要犯。雖然上了梁山成了二當家的，但仍然被宋江玩弄於股掌之間。在成功被招安後，立下赫赫戰功的他還曾幻想能夠重新開始，但是終究還是逃不過朝廷的魔爪，被人用水銀結束了性命，到死都沒弄明白自己是怎麼死的。

宋江為什麼要拉攏盧俊義上梁山呢？表面看，是他為了裝門面，湊足一百零八位大俠的人數。其實，並沒有這麼簡單。宋江騙盧俊義上梁山，是為了打出感情這張牌。如果說宋江是江湖這位美少女的性意識、雌激素的話，那麼盧俊義就是這位美少女的感情化身。從他帶上梁山的小跟班浪子燕青這個名字上看，就能得到旁證，燕青，就是言情，拿感情說事。江湖這個美少女長大成人，不僅性意識覺醒，而且有了感情的追求。

關於江湖這個美少女，到底是以慾望為主，還是以感情為主，還引發了很長時間的爭論。這就是為什麼在很長一段時間裡，水泊梁山到底是讓宋江當頭，還是讓盧俊義當頭，一直沒有決定下來的原因。

很多人在讀《水滸傳》時，對這一點都有點莫名其妙，其實是沒有領會到施耐庵這麼寫的真實意圖。經過劇烈的本能和思想的鬥爭，慾望戰勝了感情，所以宋江當了第一把交椅，盧俊義退居次席。後來，梁山軍每次出擊，都要分成兩支隊伍，就是在說，慾望和感情這兩條線都在發揮著作用，互相配合，互相呼應，彼此支持。

這樣我們就不難理解，四大惡人欲除宋江，為何先要掐滅盧俊義這棵燈芯草了。除掉了盧俊義，說明朝廷這個惡男，已經與江湖這個美少女，感情破裂，反目成仇了。最後，朝廷惡男始亂終棄，甩掉這個已經被他蹧蹋得不成樣子的黃臉婆。江湖美少女的這個悲慘的結局，註定是所有江湖豪俠的結局，只要有強權存在，平民百姓們心中的江湖，就永遠是一個任人蹧蹋的弱女子，就算有再美好的理想，再清純的感情，也不會得到自己的幸福生活。

反觀盧俊義，他沒什麼大的理想，感情也不是那麼豐富浪漫，遠沒有他的屬下燕青，那樣富有情調和格調。人是帥哥，情感上卻是糙哥，讓這樣的人物打出江湖這個美少女的感情牌，多少讓人哭笑不得。施耐庵這樣安排，當然有他的道理。女人的感情問題，向來是個難以說清楚的問題，落實到江湖和朝廷之間的感情，那就更複雜了。朝廷與江湖，是船和水的關係，朝廷離不開江湖，又看不起江湖，就像我們一邊為田園風光大唱讚歌，一邊又拼命地往大城市裡擠一樣。離不開田園為我們提供吃穿，又一心想過城市奢靡的生活，唱唱讚歌，只是為了贏得一點道德分數，裝裝樣子。這就是農耕文明時代，朝廷與江湖的特殊關係，導致的朝廷情感的偽善。

江湖美少女不需要對朝廷惡男有什麼深厚的感情，曲意逢迎，也不過是為了謀求一條生存的荒蕪小道罷了，而朝廷惡男對江湖美少女的始亂終棄，正是上千年皇權文化的醜惡再現。

世上本沒有什麼江湖，所謂江湖，不過是朝廷裡排出的一池污水而已。

魂聚蓼兒窪　遮罩是為了保護你

宋江臨死前，把李逵、吳用、花榮，透過各種方式都給遮罩了，四個人死後被埋在了一個叫做蓼兒窪的地方。這是整本《水滸傳》的大結局，施耐庵想出這一招來收尾，自有他的道理。

宋江這個人，一生充滿了波折，我們只看他的名字和綽號，宋公明、即時雨、呼保義，就會發現這些其實代表了他的性格和理想追求。

宋江有私心、有心機，為實現自己的目的，什麼手段都採用，甚至不惜讓自己的兄弟家破人亡，但這也是為了給兄弟們謀個清白的前程，還給平民百姓們一個清平的世界。可以說，他的想法是好，只是做法無法讓人苟同罷了。換一個角度看，處在他那樣一個時代，我們也不可能對他有更高的要求了。總體來說，宋江還算是成功的，起碼可以說是功成名就，儘管結局不那麼圓滿。

在宋江帶領手下們打死了方臘等眾多反朝廷份子後，部隊就被解散了，那些活下來的梁山好漢們，也都被封了官，打發到各地去。宋江被安排到江蘇的楚州當市長，朝廷四大惡人除掉了盧俊義後，就開始想辦法對付他。他們對皇帝說，宋江功勞很大，應該獎勵一下，皇帝聽了很高興，就弄了幾瓶好酒派人送給宋江。四大惡人趁機在酒裡下了毒藥，等宋江發現，已經晚了，於是就用快遞把李逵叫來，讓他也喝了毒酒，並告訴他，死後一塊埋到楚州南門外的蓼兒窪。

宋江死後，又和李逵一起給吳用和花榮托夢，讓他們兩人來蓼兒窪聚會，當然是鬼魂聚會。吳用和花榮趕到蓼兒窪宋江墳前，雙雙自縊而死。後人把這四個人埋在了一起。

上梁山前，宋江畢竟只是一個小吏，官場歷練太淺，沒想到官場比江湖複雜得多，也險惡的多。在江湖上，他憑自己的厚黑之術縱橫一時，但到了官場上卻是另一套遊戲規則，在蔡京、高俅等人面前，宋江還是太嫩了一點。所以招安後，不僅沒有得到高官厚祿，反而被當槍使，最後還是被卸磨殺驢了。

讀者可能不理解，宋江臨死時為什麼拉這三個人做墊背的，為什麼是這三個人與他死在一起，而不是其他人？

這個問題問得非常好，非常有意思。宋江之所以願意和這三個人死在一起，還是大有講究的，這不僅可以看出宋江對自己一生的總結，還可以看出施耐庵對待江湖好漢們的態度。

李逵是勇猛、正直、豪爽、仗義的代表；花榮是功名顯赫，繁華錦繡的象徵，意味著前程似錦；吳用是智慧學問的化身。在宋江的身上，都有這三個人的影子，可以說，這三個人都是宋江具有的性格特徵，被埋在了一起，就是完璧歸趙，三種性格又重新回到了一個人身上。

施耐庵就是江蘇淮陰人，他隱居寫作的地方，據說離楚州城不遠。他沒有讓宋江魂歸故里，也沒有魂歸梁山，而是找了一個貌似水泊梁山的蓼兒窪埋葬了他心中的英雄好漢。是因為宋江最後在楚州為官，據說把這個地方治理得欣欣向榮，國泰民安，死後又埋在了楚州。

這可能是寄託了施耐庵的一個夢想，希望自己的家鄉能出一個像宋江一樣的好官，或者楚州也能出一夥水泊梁山一樣的江湖好漢，希望那些好漢都具有宋江的膽略、李逵的勇猛、吳用的智慧、花榮的前程，為平民百姓們開創一個清平的世界。

黑你没商量

第七章

庶民的江湖

——我是你的忠實粉絲

高衙內去勢 黑你沒商量

豹子頭林沖因為被人設套帶刀誤闖了白虎堂，被法院判了刑，發配到河北滄州的監獄服刑改造。打發走了林沖，高衙內這個癩蛤蟆還是沒有放棄想吃天鵝肉的念頭，他以為機會來了，又跑到林沖家裡，去調戲人家的老婆。林娘子一怒之下，自殺身亡。這下可惹惱林沖的兄弟魯智深，他的手下們也聽說了這事，就想在老大面前表現一下忠心。他們經過長時間的跟蹤盯梢，終於摸清了高衙內這個小流氓的行蹤，於是把他騙到了一個不容易被曝光的僻靜處，以毒攻毒，幾個人一起下手，給高衙內去了勢。高衙內這次被黑，在《水滸傳》裡並沒有大肆渲染，都是透過別人之口爆料出來的。可見，施耐庵並不怎麼看重這件事，他對反派人物好像懶得浪費筆墨進行細緻的描繪。

高衙內這樣的小流氓，屬於暴發戶、小人得志的一類，本來窮困潦倒，跟著無賴們混點吃喝就感覺不錯，沒什麼仁義道德可言，就更不用提修養、氣質、層次之類的。突然有一天發達了，身分和地位變了，立刻就會變得囂張跋扈起來，那些壓抑的慾望也全都爆發出來。在那個時代，高衙內屬於高官子弟，面對豪門大院、寶馬名車，這個小流氓一下子難以適應了，根本找不到自己要走的路，一時間也學不會那些正宗的豪門貴族子弟的做派，把自己弄成了四不像怪物。其實高衙內本人既未當官搶權，也不經商撈錢，沒有賣過軍火，不參與走私，只不過是一個遊手好閒的傻公子。他非要把林沖的老婆弄到手，不過是他有些不甘心罷了。

《水滸傳》裡和高衙內這個小流氓扯上關係的文字並不多，焦點主要聚焦在了林沖身上，由於魯智深的原因，他的手下們愛屋及烏，也就對林沖充滿了崇拜，所以老大關注的事情，他們就特熱心，也覺得特別光榮。這些人沒有請示魯智深，就直接行動，狠狠地黑了高衙內一下，幫林沖報了仇，解了恨。

施耐庵寫了這麼個人物，只是為了給高俅打擊林沖找了個理由，而且這理由足夠能激起人們的憤恨，為林沖上梁山獲得足夠的人氣支持，也為梁山的恐怖活動，找出正義的依據。讓人們在不經意之間，站在了水泊梁山這群江湖大俠的一邊，認為他們的行動都是正義的行動，都是合理的行動，而失去對所謂江湖的判別能力，甚至認為李逵在江州劫法場時不管官吏百姓，見人就砍，為逼朱仝上山殘忍地殺死知府的小公子，也是可以理解的。這是一種情緒誤導法，透過情緒來引導人們傾向對自己有利的一面。

高衙內這個小流氓不是高俅的親兒子，他能攀上高俅，說明他很會審時度勢，明白自己要什麼，並且知道怎麼去得到，顯然不是一個腦袋被門縫夾扁的笨蛋。這樣的人一旦學不會克制自己的慾望，那結果一定會很糟，他能自降身分，從兄弟關係上退下來，認高俅為乾爹，內心一定很不平衡的。長期的不平衡就會導致心理的變態，發洩起來就會非常瘋狂。他在高俅面前撒嬌賣乖，其實是為了博得高俅的歡心，喚起高俅的父愛，讓高俅享受為人父的成就感。所以，他對林沖老婆的癡迷就顯得很誇張，不過是為了讓高俅體會一下滿足兒子要求的快感罷了。

魯智深手下那些為高衙內去勢的手下們，也和高衙內這個小流氓的身世差不多，只是沒有高衙內的好運氣而已。他們同樣是一群小混混，遊手好閒，欺軟怕硬，原來是以搶奪寺廟菜園子的菜去賣為生，後來被魯智深武力制服，才死心塌地追隨魯智深，跟著混個吃喝，並拜魯智深為師。他們不是為了學什麼本事，只是為了打著魯智深的旗號，膽子更大一些，更虛榮一些，更好混一些罷了。所以，魯智深也沒真心把他們當徒弟看待，只是悶了和他們喝酒逗樂尋開心。

其實，這些小混混無論做出什麼驚人之舉，也成不了江湖豪俠，一來沒有這個膽略，二來沒有行俠仗義的資本。他們像浮塵一樣，漂浮在社會的市井街巷，成為抹不去、除不掉的一抹社會的灰色調。

施耐庵描寫了這樣一個混混群體，也不是沒有目的的。社會就是個大染缸，所謂江湖人物，都是從中脫穎而出的，他們很多人身上，都有這些小混混們的影子。時遷、白勝、段景柱，就是小混混出身。這也告訴我們，英雄不問出處，對待江湖人物不要總是用道德的標準去求全責備，就像魯智深的手下們為高衙內去勢一樣，也是為平民百姓們除害，也是一種英雄的行為。

劉唐宿廟

你還扮起嫩來了

劉唐在水泊梁山一百零八位大俠中，是以流浪漢的形象登臺亮相的。他的出場帶有很大的傳奇色彩，讓我們先從「山上有座廟」開始講他的故事：山上有座廟，廟裡有一個和尚，一天和尚不見了，供桌上躺了一個大漢。這個大漢被巡警逮個正著，我不說你也知道，躺在供桌上的大漢，就是赤髮鬼劉唐。

當時，北京市的梁市長搜刮了大量的財寶，要送往京城，給他岳父蔡京賀壽，為此把這批財寶取名為「生辰綱」。梁市長害怕運送途中有歹徒搶劫，就下發通知，要求沿途各地政府和警察局，加強巡邏，提高警戒，搜捕各類可疑份子，確保生辰綱的安全。

為此，山東鄆城縣警局的副警長雷橫，接到縣長的命令，帶領一群巡警到這座廟裡。劉唐也是聽說了有這麼一大筆財寶，要從自己的家門口路過，他怎能不心動？心動不如行動，劉唐可不願錯過發大財的機會，但他知道，憑自己那點本事，是搶不來這些財寶的，於是他就想拉幾個強人下水，一起結夥打劫。

劉唐首先想到了江湖上大名鼎鼎的晁蓋，決定找他商議此事。誰知路上多喝了幾杯酒，看天色晚了，就跑到廟裡的供桌上睡著了。說來也是天意，本來雷橫他們是不到這裡巡邏的，這次縣長特意安排，說東溪村的山上有一棵紅葉樹，你們巡邏時必須採回幾片紅葉，我才相信你們巡邏到了那裡。雷橫沒辦法，只好親自來東溪村巡邏，恰巧發現劉唐正躺在廟裡睡大覺，就把他當成小偷捆了起來。

到了東溪村，雷橫就想到晁蓋家裡蹭頓酒喝，於是押上劉唐一起來到這裡。喝酒的時候，晁蓋抽空跑了出來，問明劉唐的情況，就讓他冒充自己的外甥，然後想辦法救他出來。雷橫和他手下的那幫員警，喝酒喝到了天亮，走的時候，放下吊在房樑上的劉唐，準備押回警局。

劉唐一看見晁蓋，就急忙喊阿舅救他，晁蓋聽了這話便假裝生氣來打他，責怪這個外甥來了不到自己家中，卻在廟裡睡覺，給他丟人。兩個人演的雙簧非常逼真，一唱一和，真的就把雷橫副警長給騙過，晁蓋又趁機送給他很多銀子，雷橫於是下令放了劉唐。

雷橫後來也上了梁山，擠進了一百零八位大俠排行榜，他雖然是副警長，但特別小氣，從來不捨得花一分錢。平日裡依仗著自己是個員警，訛詐老百姓的錢財也不當回事。他這一摳門的性格，差一點斷送了他的小命，這是後話，暫且不提。

有意思的是，吝嗇鬼遇到了小氣鬼，這下就有好戲看了。雷橫副警長拿了銀子剛出村不久，劉唐就舉著一把大砍刀追了上來，原來他心疼晁蓋送給雷橫的那些銀子，想要回去。哪有吞到肚裡的銀子還吐出來的道理，於是兩個人打在一塊。正難分難解之際，吳用到來，急忙將兩人拉開，晁蓋也聞訊趕來，才解了雷橫的圍。

劉唐一出場，就很引人目光，不因為別的，而是因為模樣另類：一張紫黑闊臉，鬢邊還有一塊生著一片黑黃毛的朱砂記，不是鬼是什麼？相貌這東西真是太重要了，相貌差點的，不討人喜歡，很難找到老婆；相貌太差的，還會遇到意想不到的麻煩與災難。劉唐無端被抓，就是因為他長得不像好人，事實上他也不是什麼善類。同時也表現了執法人員濫用手中的權力，對看不慣的人，可以隨時用一條繩子綁起來，關進黑屋子可以，吊起來可以，如果手心發癢的話，拳打腳踢一番也可以，大可以隨心所欲。你敢反抗嗎？反抗就讓你吃更多的苦頭。只有自認倒楣罰款了事，然後回家躺到床上閉門思過：難道長的醜也有罪？

由劉唐來引出的智劫生辰綱的故事，還是很耐人尋味的。施耐庵把他描畫成了一個流浪漢，四處遊蕩，一人吃飽全家不餓。這樣一個人物，在水泊梁山一百零八位大俠排行榜上，位居第二十一位。除了智劫生辰綱，劉唐好像入鏡的機會並不多，打仗時也難見他秀身手，少有風光的地方。施耐庵安排他跟隨晁蓋第一批上梁山，這一批人中，劉唐和吳用、公孫勝、阮氏三兄弟一起都排在三十六天罡中，這不是巧合，而是因為他真實的身分。

江湖這位美少女，是由江湖眾好漢們組成的，在這齣大戲裡，劉唐擔綱什麼角色呢？我們從他名字就能看出，劉唐，流淌，外號赤髮鬼，這實際上是向我們爆料，劉唐是江湖美少女的「血液」。紅色的血液流淌在曼妙的胴體中，給江湖美少女帶了旺盛的生命力。所以，他是個流浪漢，四處遊走，正是他的本分和職責。按照這樣的理解，劉唐的吝嗇和小氣，也就不足為怪了，誰願意輕易出一點血呢？他的排名，緊跟在象徵神經脈絡的戴宗之後，他找到晁蓋打劫生辰綱，入夥上梁山，其實就是一步一步推動江湖美少女發育成熟，逐漸顯露出女性的特徵。而他夜宿靈官廟，暗指血液源自心臟。

這一解釋，我們就徹底揭開了劉唐的真實身分。《水滸傳》的好玩，就好玩在這裡，讓你不經意間，大吃一驚。

李逵下山

讓我也賺點目光

宋江是一個耐不住寂寞的人，一百零八位大俠到齊之後，梁山重新排定了座次，一切都已安排妥當，走上了正軌。每天和一大群兄弟喝酒取樂，也讓宋江感到有些膩了，總想找點事做。燕青自從上了梁山，還沒有正經八百地登臺表演一次，他的才藝沒有機會展現出來。他是一個相撲高手，當聽說泰山腳下的岱廟廟會上，要舉辦一場相撲擂臺賽時，就請示宋江，想代表梁山去參賽。宋江覺得這是好事，打贏了就會為梁山揚名，提高梁山在江湖上的知名度，於是組建了由燕青和李逵兩名成員參加的梁山代表隊。李逵原本不是相撲運動員，以他的競技水準，只有挨摔的份，之所以報名參加，純粹是為了去湊熱鬧。

有讀者問了，李逵那麼愛惹事，讓他去合適嗎？其實這個不用擔心，李逵在水泊梁山，除了怕自己的偶像宋江外，還有一怕，那就是怕燕青，這叫一物降一物。別看李逵人稱鐵牛，力大無比，遇到燕青就沒戲唱了，燕青會輕鬆地將他摔個仰面朝天。這就是燕青相撲的絕招，四兩撥千斤，所以燕青能夠讓李逵乖乖地聽話。兩人組團去廟會參加擂臺賽，燕青大獲全勝，一戰成名，戰勝了號稱擎天柱的任原，又和大賽組委會的警衛們打了一架，後來被盧俊義帶領大隊人馬，接應救出。回去的路上，盧俊義發現李逵不見了，就派了一個手下去找他，其他人都回了梁山。

擂臺賽上燕青奪了冠，給梁山露盡了臉，但沒李逵什麼事，他決定四處走走，看能不能也弄點另類出格的事情做做，吸引一下目光，來提高自己的人氣。不知不覺，他來到了壽張縣縣政府辦公大院前，當即大喊一聲，把縣裡的那些公務員都嚇尿了褲子，呆立在那裡不敢動彈。

原來，李逵在壽張縣的名聲早已臭不可聞，已成了大人嚇唬夜裡哭鬧小孩的惡魔，今天看見他真的現身了，哪個不怕呢？李逵嚇住了眾人，就大模大樣地走進縣政府大院，縣長早已嚇跑了，把官服扔在了後面的臥室。李逵就把縣長的官服換上，當起了臨時縣長，並叫來一些公務員來湊數辦公。

上任辦公的第一項工作，就是審理案件，可是這裡沒發生什麼糾紛，也沒人來告狀，李逵就喝令兩個公務員假冒原告和被告來告狀打官司。古時候縣政府就是法院，縣長辦公室就是審判庭，縣長就是大法官。所以，李逵此時扮演的就是大法官角色，當「原告」和「被告」來到了法庭，李逵就開始了審理工作。

「原告」告「被告」打人，「被告」告「原告」罵人，李逵聽後，立即進行了宣判：打人的「被告」是好漢，無罪釋放；被打的「原告」是懦夫，命人用竹板子夾住他手指，帶到門外示眾。接著，李逵來到一所村塾外，聽到裡面傳出了讀書聲，就闖了進去，正在上課的老師嚇得急忙跳窗逃走了，留下那些學生們哭的哭，叫的叫，亂成了一團。恰好此時，李逵遇見了前來找他的穆弘，被拉回了梁山。梁山的兄弟們看到他穿著縣長的綠色官服回來，都感覺很搞笑。李逵在給宋江行禮的時候，由於官服太瘦了，被他掙得撕裂了，還絆了他一個跟頭，又引起了一陣哄笑。一場惡作劇，到此才謝幕。

從整部《水滸傳》來看，施耐庵安排的這一細節，純粹是節外生枝，可有可無。但要深究，還是有深意的。前面說了，這件事的鋪墊是燕青在擂臺賽上揚名，緊接著，就是梁山好漢丟臉的一次惡作劇。這是一場崇武抑文的表演，武可扳倒擎天柱，文可嚇跑小學生，這從另一側面表現了江湖好漢的侷限性，雖然可以用武力打下天下，但用文來治理天下，顯然就只能鬧笑話了。

梁山剛剛排完座次，一切準備就緒，這時候燕青和李逵雙雙出擊，文雅的燕青獲得了武術比賽的冠軍，粗魯的李逵反而當了縣官，如此錯位的事情同時發生，絕不是偶然。這其實是暗示水泊梁山好漢們的命運，武力打天下，揚名立萬，真正到了論功行賞，加官進爵時，他們還真不能勝任管理地方行政事務的大任。

施耐庵用這個看似玩笑的故事警示我們，江湖好漢可以行俠仗義，救民於水火，但是平民百姓們如果冀望他們能帶來一個國泰民安的清平世界，那只能是自己搬起石頭砸自己的腳，弄出一個如李逵斷案似的笑話。所以說，英雄只能是亂世的英雄，在除盡天下大惡之時，就是他們退出歷史舞臺之日。這就暗示我們，宋江領導的梁山好漢們，在接受招安改編，平定天下後，離他們覆沒的日子也就不遠了。當他們轉變了身分，成了地方的行政長官，必然要走向退場的道路。

徐寧獻寶
不老實就用人力搜索你

一個人要是有獨門絕技，不見得是好事，再有祖傳寶貝，那就更危險了。在水泊梁山一百零八位大俠排行榜中，佔據第十八位的金槍手徐寧，就是這樣一個具有雙重危險的人物。他身懷獨門絕技鉤鐮槍法，擁有祖傳的雁翎甲，想不讓惡人惦記都不行。說起來，徐寧也真夠冤的，原本自己有一門獨一無二的本領，又有刀劍不透的寶甲防身，身分高貴，是皇帝的貼身侍衛長，有妻有子，家庭幸福，無論如何都是一個事業相當成功的人士。就是因為被梁山的人給惦記著，命運才發生了一百八十度的大轉折。

這事要我說，不僅要怪宋江，也要怪高俅和呼延灼。高俅的侄子高廉被水泊梁山給滅了，高俅想給他報仇，於是派遣雙鞭呼延灼去剿滅梁山。呼延灼確實厲害，不僅帶了裝甲部隊，還帶炮兵前去，到了梁山的水邊上，一陣炮火猛轟之後，裝甲部隊全面出擊，把宋江的梁山軍打的丟盔卸甲，躲到山上不敢出來。被痛打了一頓，宋江覺得很沒面子，吃不下飯，睡不著覺，苦思破敵之計。「炮兵還好對付，躲遠點就是，連環馬組成的裝甲部隊實在太厲害了，根本無法近身肉搏。」這個時侯的梁山這幫兄弟，就開始搜尋對付連環馬的高手。

打鐵出身的湯隆舉報說，他的表哥徐寧會使鉤鐮槍，能夠破解連環馬。徐寧曾經和林沖是同事，兩人很熟悉，林沖也說只有徐寧的鉤鐮槍才能解決問題。關鍵時刻，湯隆也顧不得親戚的關係，再一次出賣他的表哥，爆料說他表哥有祖傳的雁翎甲，只要把雁翎甲偷來，不愁他不下水。宋江聽了非常高興，立刻讓吳用擬定一個盜甲計畫，把徐寧騙上山。做這樣的事對吳用來說，就是小菜一碟，很快他就寫好了「劇本」，一場拉徐寧下水的大戲，就要上演了。

徐寧如果乖一點，老老實實把寶甲收起來，砌進牆壁不要張揚，低調一點豈不甚好？可惜的是，他為了防止有人偷竊，竟然把寶甲裝在盒子裡，吊在屋樑下。這不是明擺著向樑上君子招手嗎？地上的君子不好意思進臥室參觀，樑上君子可沒這些講究，只要使用「迷香＋揭瓦」的辦法，就可以輕鬆搞定。

果不出所料，在徐寧為皇帝值夜班時，宋江派來的扒竊高手時遷，爬上房樑把雁翎甲偷跑了。等他下班回來，早已來不及，正巧他的表弟湯隆來探訪親戚，聊起這事，湯隆就說自己路上曾看見了雁翎甲。徐寧一聽，顧不得多說，拉起湯隆就去追趕時遷。就這樣一路被騙上了梁山。宋江擔心徐寧不肯就範，就絕了他的後路，把他的老婆孩子全部騙到梁山上來。這下子，徐寧只好乖乖地入夥，教會梁山軍使用鉤鐮槍，打敗了呼延灼。

沒有呼延灼的連環馬，宋江壓根就不會想到要騙徐寧上山入夥，徐寧從內心裡也不願意跑到這個荒涼偏僻的鬼地方來當恐怖份子。這種不得已的事情，既是巧合，也是他的高技術水準惹的禍，誰讓他是鉤鐮槍方面的技術專家呢？

除了這一次和呼延灼的裝甲部隊交手外，徐寧在水泊梁山出色的地方不多，在招降張清時，被石子擊中腦門，攻打方臘，中了一支毒箭，不治而亡。有人可能會說，徐寧對水泊梁山的貢獻好像並不大，但排入三十六天罡第十八名，有點名不副實，是施耐庵拉來湊數的。這是因為徐寧的上鏡率太低，所以我們對他的性格瞭解不多，不知他的根底。但是仔細琢磨施耐庵寫《水滸傳》的用意，你就會發現，徐寧還真是不可或缺。

徐寧是部隊的一個軍官，身上沒有豪俠氣質，也算不上一個標準的江湖人物，暫時委身江湖，也是不得已而為之。他不像林沖有那麼苦大仇深，與高俅惡人勢不兩立；也不像秦明、呼延灼和關勝，吃了敗仗無奈下水；更不像孫立，主動送上門來。他是被宋江和吳用誆騙上山的，並未與朝廷交惡，是部隊軍官入夥的一個特例，很具有代表性。連皇帝的貼身侍衛長都拉來入夥了，足以見得世道黑暗，平民百姓們的活路，只有江湖這一條道了。

整部《水滸傳》，就是朝廷和江湖勾搭成奸的曝光文，如果江湖是個美少女，徐寧就應該是少女的「呼吸道」，說白了就是少女的氣管，雁翎甲是少女的軟齶，手中的金槍就是美女的舌頭。呼延灼攻打梁山，其實就是江湖這個美少女得了一場重感冒，呼延灼當然就是美少女的鼻子，又是流鼻涕，又是打噴嚏，直到把那些濃痰鼻涕清理，呼吸才順暢，感冒自然就好了。

徐寧是梁山眾人靠人肉搜索尋找出來的，與盧俊義有點相似，這也難怪，人體的呼吸道都是藏在身體裡的，我們看不見，摸不著，不下一番工夫，還真看不清它的真面目。施耐庵就這樣，把每一個事情都演繹得那麼合情合理。

公孫勝撒豆成兵
看我的進攻

在水泊梁山一百零八位大俠中，另類人物有很多。公孫勝這個神棍，就是特立獨行的代表，他聞風而來，參與了搶劫生辰綱的犯罪活動，卻無心在梁山落草為寇，跑回老家藏了起來。據線人爆料說，他一邊在家侍奉老娘，一邊跟著羅真人進修裝神弄鬼的本事。為了躲避梁山弟兄們的追蹤，還改了自己的名字，來了個隱姓埋名。本來，他藏起來也就藏起來了，反正梁山也不玩法術，有他不多，沒他不少。後來，宋江為了從高唐州的渾水裡打撈出來梁山的財神爺柴進，不得不請公孫勝幫忙，才又重新拉他下了水。

這次之所以要把公孫勝從潛水隱身的地方挖出來，是因為梁山眾大俠攻打高唐州時，遇到了麻煩。高唐州市長高廉，會施法術，梁山大軍剛剛拉開架勢，還沒等交戰，高廉就開始動作，一時間天昏地暗，飛沙走石，狼蟲虎豹各種動物從天而降，比非洲大草原的動物大遷徙來勢還兇猛。梁山的人被弄得暈頭轉向，連逃跑都不知道家門在哪裡了。經過通宵達旦的開會研究分析，梁山大俠們最後達成一致意見，認為非請來公孫勝不可，只有他能破解高廉的法術，拆穿他的西洋鏡。

宋江先派出戴宗，到處打聽公孫勝隱身的地方，最後終於發現了他藏身的大致範圍後，戴宗回來叫上李逵，和他一起再次去尋找。透過開酒店的老者之口，他們找到了公孫勝的家。戴宗先去向公孫勝的親娘求情，可是老人家完全不說兒子的下落，沒有辦法下，李逵只好扮成土匪，揮舞著板斧，裝作要砍了公孫勝的親娘。公孫勝一看嚇壞了，只好出來與他兄弟兩人相認。

這時公孫勝依舊是態度堅決，打死也不上梁山。後來經過調查，戴宗和李逵才知道，公孫勝不上梁山，是他的師父羅真人在作怪，於是李逵半夜偷偷起來，跑到羅真人修行的道觀裡，用斧子把羅真人給劈死了。誰知第二天起來，羅真人還活得好好的，原來夜裡劈的不過是他的兩個小葫蘆。羅真人把李逵耍戲了一番，又教給了公孫勝破解高廉法術的訣竅，便同意公孫勝到梁山去幫助宋江攻打高唐州。

公孫勝和高廉進行法術大賽的過程很簡單，一點精彩之處也沒有。高廉還是老一套，天昏地暗，飛沙走石，狼蟲虎豹，手法和內容一點沒變。公孫勝見了，就大喊了一聲，「咦！」抬手向空中撒了一把黃豆，結果那些狼蟲虎豹紛紛墜地，原來都是些法術的道具，用紙片剪出來的動物剪紙，黃沙也紛紛消散了，天空重新恢復了明亮。一場法術大賽，就此告終。高廉一看，法術戰勝不了宋江他們，只好逃跑了。

打敗了高廉，公孫勝重新歸隊，最後排名還不錯，進了水泊梁山的決策層，可見他的道行還是很高的。

無論是江湖還是朝廷，一直與道教和佛教糾纏不清，公孫勝會法術，武功也不錯，是道教在江湖中著名的代表人物。他比半路出家當和尚的佛家代表魯智深，地位高很多。道教是本土教，佛教是外教，那時國人更看重道教，國家首腦宋徽宗也信奉道教。道教與其他宗教的不同是道教會法術，公孫勝就是撒一把黃豆粒能變成天兵天將的神人。同時，道教還讓人煉丹修行，追求長生不老，所以很多人都很癡迷道教。

江湖也需要裝神弄鬼，藉助一些法術給自己壯膽。平民百姓們靠自己的力量報不了冤仇，推不翻的壓迫，就期待於藉助外界神祕的力量來實現自己的目的。水泊梁山有了公孫勝這個神棍，就會讓人膽子更壯，更放心了，起碼面對任何對手不再膽怯，打不過就施展法術，將對方弄迷糊了再下死手。好在水泊梁山的大俠們，並不屑於玩這些把戲，如果對方不玩這個，他們也絕不首先採用。

公孫勝是最早參加智劫生辰綱，武裝奪取梁山政權的人，是一百零八位大俠裡骨灰級元老。他的行蹤就像他的法術一樣，飄忽不定，神祕莫測，但往往每到關鍵的時刻，就能看見他的身影。把公孫勝放在水泊梁山這個江湖美少女的身上，我們也許會發現，他好像是美少女的精神和靈魂的寫照。公孫勝，公孫生，他排名前四，不僅合理，而且必要，沒有這種生子生孫，傳宗接代的思想，女人就不能叫做女人了。

張順鑿漏海鰍船

潛水隊裡有高手

高俅這個大惡人親自上陣征討水泊梁山，只有一次。那一次，經過三個回合的較量，最後高俅被捉，大敗而歸，這才促成了水泊梁山徹底接受朝廷招安改編。而活捉高俅的，正是浪裡白條張順。高俅率領十個軍區的海軍和陸軍，親自坐鎮指揮攻打水泊梁山，這是水泊梁山成立恐怖基地以來，規模最大的一次戰鬥。頭兩場戰役，高俅只是在後方大本營指揮戰鬥，失敗後，這個惡人坐不住了，親自披掛上陣，登上海軍指揮艦，向水泊梁山發起了反擊。他乘坐的戰艦，是當時噸位最大，最先進的海鰍船。

海戰開始後，梁山水軍並沒有和政府軍的龐大艦隊硬碰硬，而是派出了大量的機動快艇，騷擾政府軍艦隊，迫使拋錨擱淺。這時候，張順帶領他的潛水隊，紛紛潛入水底，把高俅的指揮艦鑿穿，指揮艦上的官兵頓時大亂，張順趁亂爬上戰艦，把高俅扔到了水裡。水裡接應的弟兄們把高俅弄上小船，押解到宋江的指揮部。

宋江和高俅這一戰，徹底擊碎了朝廷武力蕩平水泊梁山的美夢，迫使朝廷只能誠心誠意和水泊梁山進行談判，按照雙方都滿意的方式對水泊梁山進行招安和改編。為最後的苟合，清除了障礙。

這次戰鬥，張順表現的非常出色，在最關鍵時刻將最關鍵的人物活捉，可以說最大的風頭都被他搶走。這樣的戰功，也和他的能力相匹配，施耐庵在書中寫道，他能在水底連續潛伏七八天而不用換口氣，潛水鑿漏海鰍船，當然也就不費吹灰之力。這一鑿很關鍵，再大的軍艦，只要艙底漏水，那就只剩下沉沒的份。船上的政府軍見船中進水自然害怕慌亂，這就為張順登船擒將創造了機會。沒有他的潛水功夫，要想輕鬆擊敗高俅強大的海軍艦隊，確實不是一件容易的事。而耐人尋味的是，這麼大的功勞為何要讓張順來完成，而不是其他大俠呢？除了張順的水上功夫高超外，施耐庵是否還有其他的用意呢？

張順在《水滸傳》裡上鏡的次數還頗多的，例如潯陽江裡戲耍李逵，活捉黃文柄，夜鬧金沙灘，為宋江治療毒瘡請安道全上山，加上這次鑿漏海鰍船，活捉大惡人高俅，每一次都很吸引目光，每一次都是關鍵時刻拉了宋江一把。他的名聲和人氣，要比他的哥哥船火兒張橫大得多。在水軍頭領裡，他和宋江的關係也最好，所以當宋江後背長了毒瘡時，他自告奮勇去請來了名醫安道全，救了宋江一命。這次又在宋江貫徹招安大計最關鍵時刻，由他來完成了最關鍵的一步。很可惜，張順那麼好的水性，最終卻死在了水底，不得不說是命運的捉弄。

把張順放在施耐庵描畫的江湖美少女這幅圖裡，我們很清楚地就能看到他所處的位置。他就是美少女的兩條玉臂，潔白無瑕，揮動自如，如同波浪裡自由穿梭的美人魚。而他的哥哥張橫，就是美少女的手，船火兒，本來就是指船上劃槳的那些水手，用來形容手，再貼切不過。同時，他也是人體生機的化身，就是中醫所謂的氣血，張順，成長順利，所以清除黃文柄，請安道全治療毒瘡，活捉高俅惡人，都是由他來完成，就再合理不過了。

氣順了，身體自然就健康了，成長也就順利了。在這一點上，他與哥哥張橫正好相對應，他哥哥長得黑，如同人的印堂發暗，名張橫，氣不順，成長遇到了障礙，心火上竄。所以張橫曾經劫持宋江，差點結束了他的命，暗示宋江曾經很上火，身體不適。張順可以說是代表了宋江和江湖美少女的運氣。

人的成長，不僅靠自身的努力，還需要運氣的幫忙，運氣差，再多的努力離成功也會差那麼一點點。宋江和水泊梁山，總是能在關鍵時刻出現張順的身影，也就是說，運氣在幫宋江和水泊梁山的忙，促成宋江實現了自己心中的夢想。後來，張順死於攻打方臘的戰鬥中，說明從這以後，運氣已經不再眷顧宋江和他的水泊梁山了。做為迴光返照，張順讓自己的靈魂附在哥哥張橫的身上，殺死了方臘的兒子方天定，幫了宋江最後一次忙。

張順是水泊梁山一百零八位大俠中，黑社會老大的代表人物，靠惡勢力，獨霸潯陽江魚市買賣。在水泊梁山，他也是與阮氏三兄弟的晁蓋幫勢力抗衡的主要力量。張順有黑社會經歷和經驗，這一點是阮氏三雄無法比擬的，他和哥哥張橫還有李俊，共同支撐起宋江在水泊梁山水軍中的地位。

有了張順，江湖這個美少女，無形中增加了很大的魅力，連高俅惡人都栽在了他的手心，那離征服朝廷這個惡男的日子已經不遠了。果然，下一步就是燕青會道君皇帝，江湖與朝廷，最終勾搭成姦了。

元夜鬧東京

整點緋聞熱熱身

水泊梁山和國家首腦之間的近距離接觸並不多，一共有兩次，還都是在藝妓李師師的家中，也就是說，都發生在緋聞製造中心——青樓裡。那時京城的紅燈區發展的不錯，不僅地位合法，經營也很熱門，達官貴人、社會名流，紛紛出入其間，一時成為重要的社交應酬場合。當然，做為一國之君的皇帝，來這個地方可不是為了社交應酬，他是來尋找激情的，這也在無形中給水泊梁山提供了與皇帝近距離接觸的可能性。

藝妓李師師是紅燈區裡最紅的明星，人氣指數非常高，魅力驚人，攀上了皇帝。雖然成了小妾，她卻依舊在風月場所做花魁，笑迎天下客。不過因為是御用的，價碼高了點。從這點看，具有藝術家氣質的宋徽宗還是能與民同樂。皇帝深居宮中，又被高俅等四大惡人矇蔽，想透過這些奸臣向皇帝表白真心受招安之心的道路已經不可行。李師師是皇帝的枕邊人，走她這個小妾的路線，是當時梁山的唯一選擇。

宋江們與朝廷首腦的接觸是以紅燈區的八卦緋聞開始的，這事情確實比較雷人和搞笑。這事如果發生在今天，肯定能上各大媒體的頭條，其轟動效應，應該不亞於911事件，甚至比中東戰爭更具有娛樂性。一個恐怖主義基地首領和國家總統在紅燈區的妓院裡演繹和平談判的故事和傳說，實屬罕見。

這樣爆炸性的事件，發生在中國傳統的節日，正月十五元宵節。選擇這樣的日子，也是有特殊的意義。正月十五是新年後第一個月圓之夜，也就是新年第一個夜晚最亮的日子，這時大街小巷、家家戶戶都掛出花燈，燃放禮花，整個夜晚就會顯得更加明亮。這意味著什麼呢？如果朝廷是白天活動，江湖就是夜晚出沒，每一個月圓時刻，都是江湖的好日子，平民百姓們有理由歡呼慶賀，有理由對暗無天日的社會鬧一鬧，發洩自己心頭的不滿。這個鬧，不僅是生活的鬧，還是精神的鬧，心理的鬧，是一種長期受壓抑的情緒宣洩。

梁山眾人配合平民百姓們大鬧京都，起因很簡單，過程很熱鬧，是一次真正的江湖鬧朝廷。宋江為了巴結藝妓李師師，在她面前盡情表演，喝酒吟詩，極力展示自己風流瀟灑的一面，這讓看門的李逵窩了一肚子火。後來皇帝來見李師師，他的跟班對李逵進行了呵斥，無疑是火上澆油，李逵一下子就爆發了，抄起板凳就開始動粗。

打鬥中，皇帝被嚇跑了，安全部隊衝了上來，一場大鬧也就上演了。最後，所有到場看花燈的梁山大俠們紛紛現身，掩護著宋江順利逃出了京城。宋江這次京城之行最大的收穫就是與皇帝的小妾李師師建立了關係，還隱身在暗處一睹了天顏，為後來燕青透過李師師與皇帝面對面談判打下了基礎。

十五月圓之夜，正是情人幽會的好日子。按照現在的說法，此時女性的性意識最活躍，情緒最為高亢。既然江湖是一位養在深閨初長成的美少女，那麼宋江們元宵之夜鬧京城，就應該是江湖美少女的一次情感大宣洩，激動、亢奮、充滿幻想、喜怒無常、既狂躁又野性，一反平日溫柔嫻靜的淑女做派。所以，這次李逵攪了局後，宋江並沒有對他進行責罰，好像根本沒有當回事。之後，李逵和燕青並沒有隨眾人回梁山，而是自行離開，半路還上演了兩齣好戲，一齣是夜半捉鬼，另一齣就是李逵替宋江洗清了八卦緋聞，替劉老太公找回了被土匪搶奪去的女兒。這是李逵第一次表現出路見不平，行俠仗義的江湖好漢本色。

這次鬧元宵的另一個收穫就是製造了一個爆炸性緋聞，大大提高了水泊梁山的知名度，讓皇帝對水泊梁山有重新的認識，提高了對水泊梁山的重視程度。剛剛排完名次，進行完組織機構調整的水泊梁山，也急需一次這樣的緋聞來吸引天下平民百姓們的目光，來一次震撼的亮相，以此博得人氣，獲得粉絲們的支持。

有了鬧東京這次緋聞，水泊梁山與皇帝的距離，一下子就拉近了，這是江湖和朝廷第一次的近距離接觸。這一次接觸，應該是雙方一場感情的熱身，讓彼此都春心大動。之後，朝廷惡男派出童貫和高俅兩大惡人，輪番來騷擾水泊梁山這位江湖美少女，為最終的勾搭成姦，做好了前戲的準備。

巧佈九宮八卦陣
和我叫陣，有你好看

水泊梁山一百零八位大俠到齊，排完了座次，也就預示著江湖這個美少女完全發育成熟了，下一步就是如何找到心愛的白馬王子，來一次人生大轉型。由一個天真無邪，純潔青澀的美少女，搖身變為一個風情萬種，盡閱人間春色的成熟女人。這一步跨越，註定是艱難的，也註定是不可避免的。宋江們元宵鬧過京城後，朝廷惡男突然發現，水泊梁山這個江湖美少女已經出落得風姿綽約，散發出無窮的魅力。於是急不可待地跑到水泊梁山來大獻殷勤，巴結討好，一門心思要把江湖這位靚女追到手。

朝廷惡男先派出了童貫來撩拔挑逗水泊梁山。童貫排名在高俅之後，但這次是以樞密使身分做為統兵大元帥來和梁山一較高下，他的出場，顯示了朝廷已對水泊梁山的高度重視。童貫趕到水泊梁山，宋江迎接他，是早已擺好的九宮八卦陣。童貫見了這個陣勢，心裡早就怕了三分，沒幾個回合，就被弄得暈頭轉向，只好抱頭鼠竄回自己的大營。

第二天一早他率軍又來叫陣，卻發現這裡的黎明靜悄悄，只見孤舟上有一個漁翁在垂釣，根本沒有一點要打惡戰的意思。童貫忍受不了那個閒情垂釣者的戲弄，命令手下下水把他捉來砍頭解氣。還沒捉到那個垂釣者，卻聽見四周喊殺聲大起，梁山大隊人馬將童貫和他的親友團全部包圍，一場十面埋伏的大戲，上來就達到了高潮。多虧宋江留了一手，故意放童貫一條生路，他才一溜煙逃回了京城。

這次演出，除了張順上演了單人獨釣寒江雪以外，基本都是場面戲，眾多梁山好漢你方唱罷我登場，來個集體亮相。先登臺的是朱仝和雷橫，接著是秦明和關勝，隨後呼延灼和林沖，魯智深和武松，解珍和解寶，董平和索超，楊志和史進，也陸續結隊登場。

宋江這次擺出的九宮八卦陣，以迷惑對手為主，讓敵人鑽進裡面就犯迷糊，弄不清東南西北，失去方向感，然後擺陣的人趁機下黑手。這種打架的方法，古人用的比較多，也比較喜歡，真真假假，虛虛實實，直到把對手弄迷糊了，下手就容易多了。這是一種智慧型的打架手法。

童貫這次來騷擾梁山，是四大惡人第一次親自出面對付梁山，意義早已超過了戰鬥本身。這也是宋江第一次玩起了陣法，雙方的對決，等級已經由原來的地方隊之間對決，提升到國家級別的大賽。打敗了童貫，就宣布水泊梁山已經殺入了最後的決賽，只要再擊敗高俅，水泊梁山就可以笑傲江湖了。

這次迷惑童貫，已經表明，水泊梁山這個江湖美少女，已經掌握了利用自身魅力誘惑朝廷惡男的各種技術手段，方法嫻熟，策略得當，再也不是那個青澀的小女孩了。從童貫的狼狽相就可以看出，江湖美少女還是一個野蠻女友，不僅出手麻辣，而且冰雪聰明，並不是輕易就能追到手的。

整部《水滸傳》裡，童貫與水泊梁山的直接衝突並不多，在此之前，他們之間應該是井水不犯河水，沒有結下什麼樑子。宋江之所以對他網開一面，沒有趕盡殺絕，意圖非常明顯，就是為了讓他把水泊梁山的真實狀況，帶給朝廷那些決策者們，讓他們認識到水泊梁山的厲害，增加招安改編的談判籌碼。同時又不想積怨太多，省得招安改編後，樹敵太多，不好工作。

童貫只是高俅和蔡京兩個惡人的幫兇，征討梁山，不過是為了想在皇帝面前炫耀一下自己的本事，邀功請賞。吃了敗仗，自然不敢向皇帝實話實說，他謊稱天氣太熱，士兵容易中暑，不適合作戰，搪塞過去了事。

宋江打量童貫惡人，也不是平民百姓們希望的那樣，為民除害，只不過是為了促使朝廷招安改編的一個手段。江湖，永遠只是爭權奪利者手中的一個玩物，長得再美麗動人，也不會成為天使。

第八章

大家的江湖

——一個人寂寞，兩個人江湖

聚義還是飯局？

人是感情動物，無論男人還是女人，都耐不住寂寞。人是群居動物，有自我意識，自然就少不了對環境的恐懼和對死亡的敬畏，這就迫使人們依賴群體的力量來克服個體的不足。一人是蟲，兩人成龍，大概就是這種心理意識的表現。男人消除寂寞的最好方法就是三五成群，所以「飯局」註定是男人們的最愛。

《水滸傳》裡最為人們稱道的，就是好漢們的聚義，「聚」沒什麼可多說的，就是大家聚集在一起，關鍵是後面那個「義」字，到底是聚集為義，還是因為義才聚集。晁蓋時代，水泊梁山是因為義而聚集在一起，反過來，聚在一起的目的就是為了義，義是大家共同遵守的行為準則。七星聚義，是因聚而義，因為要聚集在一起打劫生辰綱，所以才結義。

後來上了梁山，就是因義而聚了。義到底是一個什麼東西，要我看，晁蓋的聚義，說白了就是為了聚在一起吃飯。他講究的義，以感情為紐帶，大家聚在一起吃喝玩樂，有酒有肉，萬事不愁。這種風氣，延續至今，仍然有很多人熱衷於此，三五個趣味相投的朋友，有事沒事聚一起，吃肉喝酒，以此來打發心中的寂寞和無聊，增強心理的安全感。

也有人說，聚義是一群人為了正義事業聚集在一起，要我看就是胡扯，世上哪有那麼多正義的事情。所謂正義，不過是有的人因為私利而成群結夥打的一個旗號和幌子罷了。所以，聚義的義，理解成情義，還多少比較值得相信一些。眾人聚集在一起，就形成一個團體，團體就要管理，管理就得有標準，像梁山這樣自發的組織，顯然已經脫離了朝廷，脫離了法律的約束。大家在一起相處，自然要靠某種彼此都認可的標準來互相制約，彼此遵守，不至於混亂無序。

義，就是在這種背景下產生的，有了這種情義，才能建立起管理的權威，才能和睦相處。而維持情義最好的方法就是開飯局，大家聚在一起大碗喝酒、大塊吃肉，不僅能增進感情，還有一種有福同享、有難同當的公平感和神聖感。所以，在《水滸傳》裡，提到最多的事情就是喝酒吃飯，動不動就排開酒宴，舉杯痛飲。

晁蓋時期的梁山聚義，除了在一起吃吃喝喝，也沒什麼大的追求。好像只有沒上梁山的宋江，在外面瞎忙，招兵買馬，推薦人選，廣告宣傳，聚攏人氣。其實，宋江是一個最關心水泊梁山命運的人，即便在未上梁山前，他也一直把梁山的事情當成自己的頭等大事，只要有機會，就向人們宣傳水泊梁山的形象，推銷水泊梁山的品牌，鼓動眾好漢下水投奔梁山。

要我說聚義這件事情，也不失為一種良好的組織形式，為了做成某件事，大家利用這種形式組織在一起，同心同德，一心一意，往往更容易把事情做成。晁蓋他們七星聚義打劫生辰綱，就是一個最好的例子。做這種事情畢竟風險極大，弄不好就會被砍腦袋，所以眾人必須共同進退，風險共擔，才能彼此壯膽，發揮出團隊的優勢。打劫生辰綱的使命結束，晁蓋又帶領這幫弟兄上了梁山，此時，他們沒有什麼明確的目標可追求，跟其他土匪唯一的區別就是不用輕易下山打劫，因為有了生辰綱，吃喝不用愁了。

其實，水泊梁山之所以在平民百姓們心中揚名立萬，威震四方，功勞應該歸功於宋江。他這個人目光遠大，有頭腦，有心機，人緣好，人氣旺，粉絲眾多，藉助水泊梁山的聚義形式，很容易成就一番事業。所以他不遺餘力地宣傳水泊梁山的義，並上升為忠誠，為此還得了一個綽號叫呼保義。宋江當了家之後，把水泊梁山的聚義廳改成了忠義堂，意圖很明顯，把各位兄弟聚集在一起，是為了成就大業。

綜觀整個水泊梁山的發展，從晁蓋的聚義思想，最後轉型為宋江的忠義路線，可以看出水泊梁山由單純的為了吃喝玩樂的土匪組織，向一個目標明確的政治集團蛻變的軌跡。宋江對水泊梁山的改造，如同灰姑娘穿上了水晶鞋，一下子就把水泊梁山從一個打家劫舍的小丑，打造成一個行俠仗義的江湖英雄。聚義而不為聚，才是義的根本，才會使義具有強大的力量，發揮出應有的作用。情義無價，但並非不需要代價。

大碗喝酒，什麼酒？壯陽酒！

一提起江湖好漢，我們就會想到大碗喝酒，大塊吃肉。喝酒，彷彿成了他們的必修課。水泊梁山一百零八位大俠中，喝酒的人很多，而且豪飲者大有人在，嗜酒成性，酒後耍酒瘋也是常有的事情。

俗話說，酒壯英雄膽，平時不敢說的話，不敢做的事情，喝了酒，就可以去說、去做。水泊梁山的酒中豪傑，以武松、魯智深、李逵最為著名，武松景陽崗打虎，魯智深大鬧五臺山、倒拔垂楊柳，李逵醉酒罵招安，這些事情都與喝酒有關。

而最嚴重的一次醉酒事故，卻發生在一向穩重老練的宋江身上，因為喝酒認識張文遠，又因為醉酒遺落了晁蓋幫寫來的感謝信而對閻婆惜痛下殺手。醉酒後潯陽樓上題反詩，不僅差一點斷送了自己的性命，還牽連水泊梁山眾大俠冒著生命危險跑到江州去劫法場。

可以說，酒是宋江上梁山的催化劑，如果他不喝酒，就不會題反詩，就有可能被大赦。那麼，後來一切精彩的傳說，都不會發生了。

江湖少不了酒，施耐庵的《水滸傳》更是泡在了酒裡，處處散發著酒香和酒氣。彷彿離了酒，這些江湖大俠們就會功力盡失，不會做事了，也不想做事了。

晁蓋幫智劫生辰綱靠的是酒，才把楊志的挑夫隊迷倒了；宋江在揭陽嶺，也是因為醉酒，差一點被剁成了包子餡。

劉唐醉臥靈官廟是因為酒，追打雷橫也是因為酒；浪裡白條戲李逵是因為酒，魯智深三拳打死鎮關西，起因也是酒；武松醉打蔣門神、結識孫二娘，林沖棒打洪教頭、火拼王倫，秦明清風山醉酒誤事，時遷為酒偷雞，小霸王周通醉入銷金帳，件件都離不開酒。

為數不多的幾場男女戲，也大多與酒有關。西門慶勾搭潘金蓮是在酒桌上，潘巧雲和裴如海的激情床戲是藉著酒勁，燕青與李師師的那絲曖昧，那些八卦和緋聞，也要由酒來促成。

梁山第一次招安，因為酒出了問題而釀成大亂；高俅在梁山上，也因為酒後放肆，與燕青比試相撲而丟了大醜；就連宋江、盧俊義、李逵的死，也與酒有關。酒，一直做為一個道具，一條線索，貫穿著整部《水滸傳》的始終。

水泊梁山眾大俠，既然是結義兄弟，那麼結義的重要儀式就是飲酒，而且飲的是雞血酒。真可謂成也酒，敗也酒，無酒不僅不成席，而且也不成書了。

酒是人們日常生活飲食、應酬交際的必備品，但像《水滸傳》這樣處處彰顯酒的作用，還真是讓人嘆為觀止。施耐庵這樣寫，自然有他的道理。江湖好漢們講究的就是豪爽痛快，這樣的人物，自然不會斯斯文文，彬彬有禮，畢竟殺人害命不是什麼簡單的遊戲，不僅需要殺人的本事，更需要殺人的膽量。

江湖好漢們也是人，是人就會有恐懼感和罪惡感，而喝酒，正好可以幫助他們克服這種心理。英雄借酒膽，酒助英雄威。酒與英雄，就像火上澆油，越燒越旺。

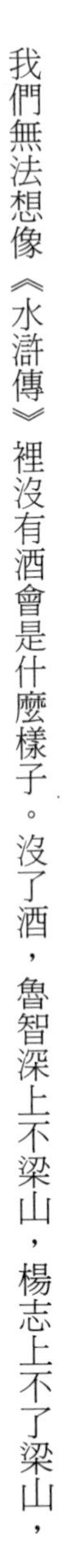

我們無法想像《水滸傳》裡沒有酒會是什麼樣子。沒了酒，魯智深上不了梁山，楊志上不了梁山，晁蓋他們也上不了梁山，宋江就更不用說了。

沒了酒，他充其量就是鄆城縣一個耍耍筆桿的小祕書，別說上梁山，就是讓他去梁山旅遊，他也可能很少有機會請假外出，更不可能被酒害得一塌糊塗。是酒，常常趁宋江不注意，揭開他的畫皮，釋放出他內心深處隱藏的真性情，而正是這些真性情，讓他一步一步走上了梁山。看來，不僅是酒後吐真言，而且酒後膽包天。

施耐庵把酒的妙處寫到了極致，平民百姓們的愁，只能用酒來澆一澆，而江湖好漢們的傳說，也就這樣成了喝酒助興的話題。

什麼是江湖？江湖就是一罈消愁的酒。

記憶體一百零八兆

《水滸傳》中一百零八位大俠的排名，是非常有講究的，不單單是根據武功高低和貢獻大小，還有一條祕密的線索，那就是他們各自代表的身體部位和動作象徵。三十六天罡和七十二地煞，構成了江湖美少女的形體和性情。誰該進入排行榜，誰必須拒之門外，都是有要求的，所以，像晁蓋那樣的好漢，同樣沒戲。誰先誰後，也不是自由排列，胡亂組合，而是循著一定的脈絡，按照高低大小排列的。

宋江、盧俊義、吳用、公孫勝，代表了江湖美少女的理想、情感、智慧和生命力。三十六天罡裡的其他人，各自對應著人體的器官和部位，例如朱仝是眼睛，李應是耳朵，楊雄是舌頭，石秀是牙齒，戴宗是神經，呼延灼是鼻子。剩下的那些英雄好漢，任由讀者去猜吧。至於七十二地煞，只要你充分展開自己想像的翅膀，完全可以根據施耐庵提供的花名冊，來一個名字大串聯，那時你可能就會拍案驚奇，大呼過癮了。

這一百零八位大俠，還代表了當時的各行各業，寫到第一百零七位，也就是收服沒羽箭張清的時候，施耐庵發現還少了一個獸醫行當，所以拉來張清後，又讓他推薦了地獸星紫髯伯皇甫端。而排行榜末尾的金毛犬段景柱，也不是拉來湊數的，而是為了給這一段春光，做一個總結，意思是，景色已經描畫全面，可以就此打住了。

梁山好漢中，最早上梁山的，是雲裡金剛宋萬和摸著天杜遷。這說明，江湖美少女這個生命的胚胎，被送進王道人倫的肚子裡，開始發育成長。直到晁蓋率領智劫生辰綱的團隊上山，少女初長成，已經有了女人的模樣。宋江上山，美少女已經明白了生命的意義，拉來盧俊義，就有了感情的體驗，學會了言情，最後請來皇甫端，剪斷了新生命的臍帶，一個朝廷惡男和江湖美女共同孕育的招安投降的怪胎便呱呱墜地了。到此，一段江湖和朝廷的言情劇，徹底結束，拉上了黑色的帷幕。

很多朋友曾問我，宋江湊夠了一百零八位大俠後，為什麼不繼續把各路英雄豪俠送進江湖的事業，而是戛然而止，性情大變，不僅不再充當即時雨，甚至不再惺惺相惜，沒有了半點江湖的情義呢？其實這個問題很好回答，一方面是宋江接受招安改編後，他的目的已經達到，不需要再利用江湖人物為自己賣命了。同時，自己做為新改編的政府軍高級將領，身分變了，地位變了，工作也變了，要想繼續往上爬，就要與江湖劃清界限。另一方面，就是我上文所分析的，一百零八位大俠已經足夠演繹江湖美少女的傳奇人生了。

接下來，我們繼續爆料一百零八位大俠排行榜的祕密。人體本身就是一個陰陽相生相剋的太極八卦圖，是一個精裝版的小江湖，一百零八位大俠正好對應著人體的一百零八個重要的穴位。其中有三十六個為致命穴，也就是老百姓常說的死穴，其他七十二個為非致命穴，也就是說，一般不會出人命。如果水泊梁山是一位江湖美少女，一百零八位大俠就是暗指美少女身體的一百零八個穴位，三十六天罡，指的是那些致命穴，七十二地煞，指的就是那些非致命穴。

梁山硬碟小了點

水泊梁山號稱有數萬人馬，我覺得是在吹牛。如果真有這麼多人，區區一個梁山，包括周圍的水面，不過方圓八百餘里，其中能住人的地方宛子城，只不過三、五百丈見方，換算成公尺，就是一千到一千五百多公尺。這麼個彈丸之地，養活數萬人，那時候又沒有高樓大廈，我真懷疑，那些人都怎麼擺佈開的，就是生活垃圾，也會把小小的梁山弄成垃圾場。總不能讓那些大小嘍囉們，整天都在水窪裡泡澡吧。怎麼讀怎麼覺得，水泊梁山這個恐怖組織基地，養活這麼多人吃喝拉撒睡，一定很擁擠。整日困在這裡，不能開荒種地，收菜打糧，那麼後勤給養，將會成為頭等難題。

梁山面積的大小，如同電腦硬碟的容量大小一樣，直接決定了它的規模和發展前景。做為一個行政組織和軍事組織的唯一所在地，不但要面臨安營紮寨的問題，還要面臨生活給養、後勤保障、財政收入等諸多問題。這些客觀的因素和條件，是決定宋江制訂招安路線的關鍵原因之一。

四面環水的水泊梁山，做為恐怖基地，確實是一個不錯的地方，易守難攻，不容易被清剿，尤其適合攔路打劫的土匪生存，三五百人來去自由，隔三差五下山搶糧搶錢，就能有吃有喝，清閒度日了。宋江顯然不會滿足這樣的小打小鬧，他是一個有理想，做大事的人，拉起部隊，是為了有朝一日能夠一飛沖天、一鳴驚人。梁山這個彈丸之地，只是一個跳板。梁山的資源很有限，沒有財政收入來源，想活下去，只能靠攻打村莊城鎮，掠奪糧食錢財來維持生存。這不是長久之計，一旦朝廷對其進行全面經濟封鎖，堅壁清野，餓也會餓死他們，早晚是死路一條。宋江早已看清了這一點，他不可能坐以待斃。

為了贏得民心，獲得百姓的支持，宋江制訂了不侵民擾民，不干擾周圍百姓生活的政策。這一政策雖然在政治上取得了巨大的成功，使平民百姓們更傾心於他們，但也失去了稅收等財政收入來源，使梁山自己的財政系統失去了造血的功能，只能靠武力攻打城鎮來輸血。輸血當然遠不如造血，武力獲得財政收入，畢竟是風險極大，成本極高的買賣。同時，水泊梁山還採取了龜縮一隅，不去開疆拓土的方針。雖然確保了水泊梁山軍事上的安全，但也使其生存空間日益狹小，發展受到了限制。

如果水泊梁山能拿下周圍的地盤，僅魯西南平原就足以養活千軍萬馬了，不僅財政收入有保證，而且戰時兵源也會源源不斷。沒有了土地和人口，僅靠梁山的彈丸之地來供養日益壯大的隊伍，我們一看就明白，宋江們沒打算在這裡長久混下去。這一想法，很快就得到了證實，宋江上了梁山不久，就開始了謀劃與朝廷談判，進行招安改編的戰略，抱著這一目的，宋江們當然不願意去費更大的心思搶佔地盤，升級擴容了。

用這麼小的一個硬碟，裝下那麼大的一個野心，真可謂小舞臺唱大戲。從現代人的眼光看，水泊梁山怎麼看都像一個螢幕，尺寸雖然不大，但是播放的節目卻足夠火爆。幾乎所有的故事都發生在水泊梁山之外，就如同螢幕播出的節目都是其他拍攝現場傳來的信號一樣，水泊梁山只是一個故事的展示視窗，讓我們透過它來看清發生在那些好漢們身上的傳說和故事。從這個意義上說，水泊梁山的地盤雖然很小，但其強大的娛樂功能，已經足夠裝得下世事的滄桑，人間的百態了。

如果說施耐庵筆下的水泊梁山是一位江湖美少女，那麼梁山只是她未出閣的小閨房。生活的幸福與否，並不完全取決於房間的大小，重要的是身體的感受和情感的體驗。水噹噹的江湖美少女，為了得到朝廷惡男的名車豪宅，屈居梁山，使出萬種嬌媚，誰能說不是一種吸引目光的炒作高招呢？

宋江陸陸續續把一百零八個江湖大俠拉下水，送上了梁山，並且還發布了人氣排行榜，這在江湖歷史上還是頭一次。從獨行俠，到群體集合，充分發揮團隊的力量，就必須有一塊地盤來完成這樣的集結。水泊梁山處於世俗社會的包圍之中，又獨立於世俗社會之外，非常適合江湖人物在此安身落腳。同時，梁山之小，社會之大，正可以反襯出江湖生存之艱難，一百零八位大俠，各個頂天立地，本領高強，也只能棲身在這樣一個巴掌大的地方，四面受困，行動不便，時時刻刻都有喪命的危險。英雄好漢們都如此，那麼平民百姓們的境遇可想而知了。

水泊梁山的尷尬，不僅是江湖的尷尬，更是平民百姓們的尷尬。

替天行道黑道

宋江奪得水泊梁山的領導大權後，施政綱領就是替天行道，杏黃旗上也寫上了這四個大字。翻譯成白話文，就是替老天行使道義。按他自己的解釋就是替天行道，不擾良民，赦罪招安，同心報國，青史留名。當然這都是好聽的幌子，他的目的不過是救國，向朝廷投降，接受朝廷改編，實現自己做一個清官名相，流芳千古的願望。在當時那種情況下，擺在梁山面前的只有兩條路，要嘛揭竿而起，另立政府，與現政府決一死戰，勝則成王，敗則為寇；要嘛就招安投降，接受朝廷改編。這兩條路，從成本和安全指數上看，顯然招安改編比較穩妥一些。

據施耐庵爆料說，天上的九天玄女托夢向宋江，並向他授了權，讓他替天行道。這事無法求證，不知道真假，除了宋江，誰也沒見過這個九天玄女娘娘。況且，到底什麼是天，天到底需不需要讓人替它行道，它的道又是什麼，這些問題，很難搞懂，也根本搞不懂。用這個虛妄的使命來矇騙大家，贏得人氣和粉絲們的傾力支持，我想，這應該是宋江策劃的一個金點子。名不正則言不順，宋江透過這個戰略口號，無非是為了使自己成為正義的化身，用社會責任感和使命感，打動天下百姓，拉來選票，使自己的行為合法化、合理化。

我們不知道天是個什麼東西，可是我們知道天子是個什麼東西，那就是古代的皇帝，他們都自稱是天的兒子，替天來行使管理天下的職責。當然，這是統治者強行霸佔國家的權力，感到心虛，就用這個說法糊弄平民百姓們。這就給了我們一個啟發，宋江把替天行道做為行動綱領和戰略口號，寫在杏黃旗上，其實是向朝廷和皇帝發出的請求招安改編的信號。所謂替天行道，就是替天子推行他的統治之道。這是在向皇帝表忠心，怪不得這旗號打出不久，宋徽宗就樂呵呵地派人把他們招安改編了。

那個時代的社會，是一個不人道的社會，人的社會沒有人道，統治者就弄了一個天道來矇騙天下百姓。如果說天道是白道的話，人道在那個時代就是黑道。表面來看，宋江的替天行道就是行的白道，是一個政治綱領，但要揭開這層面紗的話，我們會看到另一副面孔。施耐庵描畫的江湖，有兩個意思，一個是平民百姓們心中理想的江湖，另一個是對江湖與朝廷最後苟合的遺憾和鞭撻。其實，宋江的替天行道，都是行的人道，即解救平民百姓之苦的人道和男歡女愛的人道。他打出這樣一個旗號，就是江湖美少女向朝廷惡男發出的密碼。

宋江的思想觀念和精神境界，自然超脫不了時代的侷限。所謂的理想，也是那個時代理想，不可能是穿越時空的超前理念。他是一個責任心非常強的人，自從上了梁山，就開始為這些結義兄弟的出路晝思夜想，寢食不安。他不會僅僅滿足於眼前的吃喝玩樂，更多的憂慮來自於前途的渺茫和失望。除了接受招安改編，他實在找不出一個更合適的出路。他們做為一群離經叛道的匪徒，要想在社會上獲得承認和認可，除了接受招安改編，建功立業，就是另立門戶，自己做皇帝。後一條路實在太危險，不到萬不得已，是絕對不能走此下策的。同時，宋江也非常清楚水泊梁山的實力，根本不具備打下天下的條件。他的替天行道，也是替梁山兄弟們行的一條光明之道，雖然最後被證明也

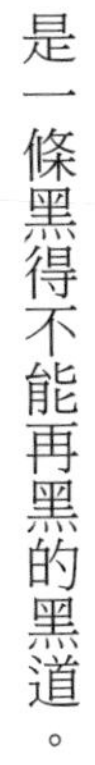

是一條黑得不能再黑的黑道。

一百零八位大俠排完座次後，宋江就緊鑼密鼓地張羅招安改編。實現了這一目的後，接著就是兌現承諾，替天子推行他的統治之道。所以他開始帶領梁山軍東征西討，來了個黑吃黑。不管是北抗大遼，還是南征方臘，都為皇帝解決了大麻煩。

關於水泊梁山替天行道這一戰略方針，歷來褒貶不一，眾人一直對此喋喋不休，爭吵不止。反對的人認為，水泊梁山招安導致好端端的一個江湖淪為任人宰割的小羊羔，上演了一幕本應該避免的悲劇。但施耐庵既然這樣安排，肯定有他更深層次的想法。正因為江湖人物這樣的悲劇，才表現出其深刻的警示意義：所謂的江湖，說白了，也只是朝廷的一個油頭粉面的小妾罷了。

恐怖組織活化石

英雄好漢單槍匹馬闖江湖，沒什麼可怕的，還有可能對法律的漏洞進行有益的補充，有利於社會的穩定，唯一的問題是英雄好漢行俠仗義所依照的個人標準是否合理。而英雄好漢們一旦結夥，建立嚴密的組織，脫離法律的約束，開展反政府恐怖活動後，就變成一件非常可怕的事情。所以，英雄好漢對於社會來說，就是一把雙刃劍，既能殺敵，又能自殺；既能傷人，也能傷己。招安改編之前的水泊梁山，就是個道道地地的反政府恐怖組織。雖然梁山軍以紀律嚴明，愛民安民著稱，但其濫殺無辜的惡劣本性，也會不時暴露出來。

水泊梁山一系列的豪俠之舉，都充滿了恐怖主義的色彩，秦明夜走瓦礫場，江州劫法場，三打祝家莊，三山聚義打青州，攻打曾頭市、高唐州，元夜鬧東京，以及李逵捉鬼，張順請安道全，都是典型的恐怖襲擊事件。不分青紅皂白，濫殺無辜，殺人如麻，都是水泊梁山眾好漢人性中惡的一面。

在水泊梁山的一百零八位大俠中，愛玩殺人遊戲的實在太多了。除了魯智深殺人還講道理外，其他的，簡直就是僅憑自己的好惡。尤其是李逵，性質極其惡劣，手法極其殘忍。他為了請朱仝上山，竟把朱仝看護的小公子給劈了；為了斷絕公孫勝留在家裡的念想，半夜殺了公孫勝的老師；一個農村老漢讓他幫忙捉鬼，他竟然砍了老頭那個與人私通的女兒；燕青打擂的時候，任原被摔倒在地，李逵上去用石頭砸碎了任原的腦袋；三打祝家莊時，明明扈家莊已經投降，他還是揮舞板斧殺光了扈家莊的老老少少……

說實在的，除了那些部隊叛變的軍官們，水泊梁山的那些好漢，素質高的真不多。野蠻粗魯，殺人為樂，所謂的英雄好漢，只不過是恐怖份子換上的一件漂亮馬甲。整部《水滸傳》，出現最多的場景就是殺人遊戲，一個人在殺，一群人也在殺，使很多無辜的百姓死於他們的刀斧之下。這種不尊重生命的行為，應該受到譴責。歷史上有很多英雄好漢，一旦大權在握，眨眼就變成了草菅人命的獨裁惡魔。所以，世間少了幾個除暴安良的英雄並不可怕，可怕的是沒有法度，和法度得不到認真執行。

水泊梁山這些大俠們，法制觀念大多數都比較差，只認拳頭不認公理，完全以自己的標準來判斷是非。這樣的人接受了招安改編，到地方擔任行政長官，也很難說能秉公辦事，造福於民，即便成不了貪官，也一定會成為酷吏。關於這一點，並非是我小看梁山上的諸位英雄好漢，李逵在壽張縣冒充縣長坐堂審案，已經充分證明這一點。而宋江的私通劫匪，武松的替法除凶，楊雄的私設公堂，戴宗的警匪一家，在展現他們江湖義氣的同時，也暴露了他們兇殘狠毒，目無法度的悍匪形象。

《水滸傳》裡林林總總的殺人者中，唯獨魯智深的殺人還值得原諒和同情。他三拳打死鎮關西，本意只是想教訓一下這個惡霸，並沒有要他小命的意思，充其量屬於誤傷。魯智深非常尊重生命，從不輕易傷害人，他在東京大相國寺看菜園，並沒有傷害那些偷菜的小毛賊；為救一個老漢的女兒，赤身裸體躲在洞房的幔帳裡等小霸王周通，也是只教訓了周通一頓，還讓周通與老漢和好。

表面上看，施耐庵寫的就是一個活脫脫的恐怖組織，所進行的恐怖襲擊的畫面，令人慘不忍睹。其實不然，他是用極端殘酷的場景，描繪出一件極富情趣的人生樂事，幾乎每殺一個人都能對應江湖這個美少女身上發生的變化。其中的妙趣，只是不容易被人發現而已。當然，施耐庵既然以英雄好漢行走江湖的傳說來演繹人生情感之妙，那肯定就少不了殺人越貨的行為，因為這原本就是江湖人物的職業。用一個個血腥的恐怖場面展現旖旎的春光，除了施耐庵有如此的天才外，恐怕沒人能寫出這樣拍案驚奇的曠世之作。

水泊梁山既然是一個恐怖組織，就有恐怖組織的短處——組織紀律性不強。例如解珍、解寶在攻打方臘時，公報私仇，擅自離隊導致戰鬥潰敗。這樣的案例不在少數，客觀上也為梁山人招安改編後，一個個被朝廷清除，埋下了禍根。因為朝廷需要的是服從，而不是自行其事。

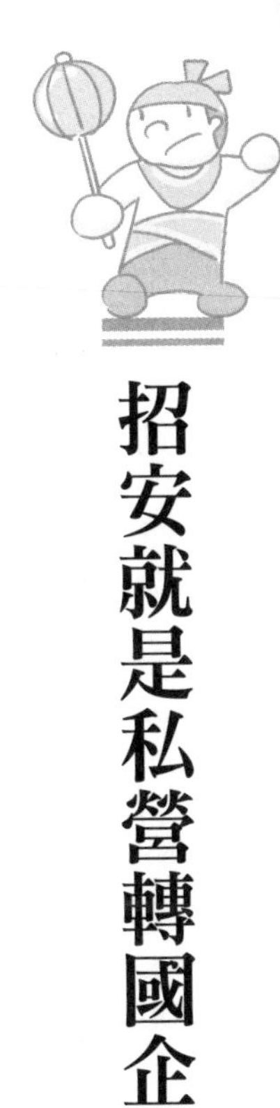

招安就是私營轉國企

水泊梁山是宋江經營的私營小企業，處於國有企業的汪洋大海包圍之中，市場狹小，資源枯竭，難以生存。宋江上了梁山不久，就發現了這一致命的問題，便提出投靠朝廷，出賣所有權，更換大股東，由私人企業變身國企的發展策略。這一招果然見效，轉為國企後，水泊梁山突圍而出，迅速把生意做到了全國各地，先是拿下了北方市場，趕走了外資企業這個最大的競爭對手；接著進軍西北，賺的滿盆滿缽；最後挺進江南，迅速把全國最大私營企業兼併收購，納入自己的名下。這次搶佔全國市場成功後，宋江等企業元老，被重新洗了牌，調配到各地當了分公司經理。

說起這次戰略轉型，對水泊梁山這個小私人企業來說影響太大了，可以用得上深遠一詞。重新納入國有企業集團，水泊梁山如魚得水，在佔領市場方面，顯現出了小企業靈活機動的特點，並很快發揮出自己的優勢，成為集團公司裡開拓市場的優秀者，為大宋這個國有大型企業集團，全面佔領市場，立下了汗馬功勞。可是，招安收編的小私人企業，畢竟屬於雜牌軍，不是國有企業集團的嫡系，所以，卸磨殺驢也就是很正常的事情了。宋江這個私人企業小老闆，雖然精明，也有戰略眼光，可是在對待私人企業轉國有的大政方針上，想法還是過於樂觀和天真了。他對可能出現的困難局面估計不足，導致最後不僅他的私人企業被吞併，所有的企管人員也都被炒了魷魚。

水泊梁山的招安改編，為後來的反政府武裝找到了一條新的出路。宋江為水泊梁山設計的這條路，應該是最經濟、最合理的一條路，雖然在後期實施的過程中，受到沉重的打擊，但畢竟沒有先例可循，沒有經驗可參考，失敗了也是可以理解的。

不過私營轉為了國企，由婆婆降格為小媳婦，很多事情就不能自己做主了。所以，水泊梁山招安改編後，精彩的地方就很少了，當然，這也與缺少個人表演的機會有關，畢竟行軍打仗，靠的是整體的配合。如果說攻擊大遼還算是一次愛國之舉，能夠贏得平民百姓們尊敬的話，那麼後來的征討王慶、田虎和方臘，就發生了實質的轉變：由行俠仗義的江湖好漢，轉型成為一個標準的軍人武士。這是一個華麗的轉身，也是一個灰暗的轉身。

這次轉型，逐漸使他們失去了平民百姓們支持，人氣直線下降。私營轉國有，就是一個抹殺個性的過程，失去了特色的水泊梁山，其實已經沒有存在的必要了，所以他們的結局，是命中註定的。

但是有些部隊投降的軍官，還是很喜歡這次轉型的，像徐寧、關勝、呼延灼等人，從內心裡不希望自己永遠以一個罪犯的名義生活在世上，他們是轉型最堅定的支持者和擁護者。最不願接受招安改編的，大概就數魯智深、武松、阮家三兄弟等人，他們喜歡逍遙自在，無拘無束的日子，所以轉型後，他們大多數脫離了朝廷安排的崗位，魯智深半路出家，武松留在了六和寺，阮小七隱居鄉村。這些人的形象，至今仍然受到了眾多粉絲的喜愛和追捧，看來平民百姓們還是很討厭梁山轉型的。

這次轉型，宋江把很多兄弟送上了不歸路，招安改編前，打了那麼多的大戰，一百零八位大俠一個未損，等到征討完方臘，戰死的戰死，病死的病死，就剩二三十個了。宋江最後也被朝廷用毒酒毒死了，臨死還牽連上了盧俊義、李逵、吳用、花榮四位兄弟的性命。可以說，這都是轉型惹的禍，宋江不僅沒有名垂青史，反而留下了千古罵名。

說到這裡，我不得不說說，我為什麼叫他宋江黑子，而不是即時雨或者黑三郎。因為此人有三黑：第一黑，長的黑，這個怪不得他自己，英雄也無法選擇模樣；第二黑，心黑，心狠手辣。第三黑，手法黑，為了達到自己的目的，什麼手段都使得出來。這三黑，也是導致他即便實現了轉型，立下了大功，仍然兩面不討好，朝廷和江湖都反感他的重要原因。他的名字叫宋江，字公明，到頭來既沒有得到歌頌和獎勵，也沒有得到好的名聲，雞飛蛋打，事與願違。相信九泉之下，宋江也會後悔這次招安改編的轉型。

國家圖書館出版品預行編目資料

辣水滸：江湖，講的不是義氣／二憨著.
－－第一版－－臺北市：宇河文化 出版；
紅螞蟻圖書發行，2012.8
面 ； 公分－－(讀經典；1)
ISBN 978-957-659-910-1（平裝）

1.水滸傳 2.研究考訂

857.46 101014444

讀經典 1

辣水滸：江湖，講的不是義氣

作　　者／二憨
美術構成／Chris' office
責任編輯／韓顯赫
校　　對／楊安妮、朱慧蒨、韓顯赫
發 行 人／賴秀珍
榮譽總監／張錦基
總 編 輯／何南輝
出　　版／宇河文化出版有限公司
發　　行／紅螞蟻圖書有限公司
地　　址／台北市內湖區舊宗路二段121巷28號4F
網　　站／www.e-redant.com
郵撥帳號／1604621-1 紅螞蟻圖書有限公司
電　　話／(02)2795-3656（代表號）
傳　　真／(02)2795-4100
登 記 證／局版北市業字第1446號
法律顧問／許晏賓律師
印 刷 廠／卡樂彩色製版印刷有限公司
出版日期／2012年 8 月 第一版第一刷

定價 270 元 港幣 90 元

ISBN 978-957-659-910-1 Printed in Taiwan